Geschwister – Wilde Geschichten

UEBERREUTER

ISBN 3-8000-5165-6

Herausgegeben von Luitgard Distel
Umschlaggestaltung von Bernhard Kerbl
unter Verwendung eines Fotos von photonica/Karen Cipolla

Druck: Druckerei Theiss GmbH, St. Stefan i. L.
1 3 5 7 6 4 2

Ueberreuter im Internet: www.ueberreuter.at

Inhalt

Das geklaute Gesicht

Pete Smith

Pascal ist genervt. Mit höchstens 20 ist der Bus vorhin durch die Altstadt getuckert. Selbst zu Fuß wäre er schneller gewesen. Jetzt muss er hetzen. Pascal hasst das so früh am Morgen. Aber die anderen warten bestimmt schon auf ihn. Werden ihn sowieso blöd anmachen: Na, wieder verpennt? Ausgerechnet heute! Musst du eben früher aufstehen …

Ausgerechnet heute. Was heißt das schon? Nur wegen »Jugend trainiert für Olympia«? Als ob einer von ihnen eine Chance hätte, jemals zu den Besten zu gehören oder einmal in seinem Leben in einem randvollen Stadion aufzulaufen!

Aber das haben sie ja schon durchgehechelt. Stockmann mit seinem: »Hier geht es nicht um ›Deutschland sucht den Superstar‹.« Oder mit seinem: »Ihr sollt euch als Mannschaft präsentieren. Einer für alle, alle für einen.« In Pascals Ohren klingt das eher nach Mantel-und-Degen-Schnulze. Einen Vorteil immerhin hat die Veranstaltung: Der Unterricht fällt dafür aus.

Als Pascal am Sportplatz eintrifft, wimmelt es dort von Menschen. Wie bei einem Volksfest! Er hält Ausschau nach seinen Leuten, aber es ist einfach zu viel los.

Er schlängelt sich durch die Massen Richtung Umkleidekabine. Kurz vor der Tür quatscht ihn plötzlich einer von hinten an. »Wird aber auch Zeit. Haste verpennt?« Pascal dreht sich um. Zwei Typen grinsen ihn an. »Jetzt aber hurtig«, sagt der eine. Pascal runzelt die Stirn. Die beiden hat er noch nie im Leben gesehen.

In der Kabine ist er allein. Er beeilt sich. Streift das gelbe Trikot mit dem Schul-Logo über, das sie extra für den großen Anlass haben bedrucken lassen. Noch die Hose und die Spikes – dann spurtet er los.

Kaum ist er aus der Tür raus, stößt er mit einem Zwei-Meter-Mann zusammen. Der packt ihn, hält ihn fest und blickt dann verwundert an ihm hinunter. »Was ist denn mit dir los?«, fragt er mit einer Stimme, als ob sie sich kennen. »Was soll das? Wo ist dein Trikot?«

Pascal starrt ebenso verwundert zurück. Der Riese sieht aus wie ein Sportlehrer, aber Stockmann ist es nicht. Und von anderen lässt er sich nichts sagen. »Was soll schon sein?«, antwortet er daher und reißt sich los. Spinnen denn heute alle?!

Endlich entdeckt er die anderen. Auf einem Nebenplatz drehen sie im Pulk ihre Runden. Stockmann winkt ihm. Als Pascal zu ihnen stößt, macht ihn keiner blöd an. Im Gegenteil. Sie scharen sich um ihn, als ob er der Kapitän wäre, ohne den nichts geht. Sie sind aufgeregt, sprechen durcheinander. »Weißt du«, sagt einer, »dass da drüben einer ist, der genauso aussieht wie du?«

Pascal kapiert überhaupt nichts mehr.

»Da vorn!«, ruft ein anderer. »Der mit dem blauen Shirt! Siehst du den denn nicht? Original! Wie geklont!«

Pascal starrt da hin, wo alle hinstarren. In diesem Moment blickt auch der andere herüber. Pascal zuckt zusammen. Verdammt, die anderen haben Recht! Das gibt's doch gar nicht. Als ob der ihm sein Gesicht geklaut hätte. Ein mieser Film, denkt Pascal. Nur, wo sind die Kameras?

Monate vergehen.

Für Alex ist in den ersten Wochen nach jenem Morgen nichts mehr, wie es einmal war. Nachts wacht er oft auf. Wirre Träume plagen ihn, in denen er von gesichtslosen Wesen verfolgt wird. Wenn er morgens in den Spiegel schaut, muss er überlegen, ob wirklich er es ist, der zurücksieht. Irgendwo in der Stadt läuft jemand mit seinem Gesicht herum! Ein Fremder, von dem er nicht das Geringste weiß.

Kein einziges Wort haben sie damals miteinander gewechselt. Dabei hat er so viele Fragen. Fragen, die ihm jedoch erst später eingefallen sind. Seiner Mitschüler wegen hätte er sich aber sowieso nicht getraut, einfach rüberzugehen. Wie einen Alien haben sie ihn angeglotzt und dumm rumgefaselt. Vom doppelten Lottchen und von geklonten Zombies.

Abends hat Alex seinen Eltern von dem anderen erzählt. Er hat sie gefragt, ob er einen Zwillingsbruder hat, den sie ihm die ganzen Jahre über verschwiegen haben.

»Na hör mal«, entrüstet sich seine Mutter, »traust du uns das wirklich zu?«

Alex schweigt. Mit einem Mal kommt ihm der Gedanke selbst absurd vor. Seine Eltern haben ihm doch schon früh gesagt, dass sie nicht seine leiblichen Eltern sind, sondern ihn als Baby adoptiert haben. Welchen

Grund sollten sie da haben, einen Zwillingsbruder zu verheimlichen? Er denkt nach. Und hat plötzlich eine andere Idee. »Und wenn ihr selber gar nichts von meinem Bruder wisst?«

Sein Vater wehrt entschieden ab. »Du hast keinen Bruder, Junge, das hätten sie uns gesagt. Die vom Jugendamt sind in dieser Hinsicht sehr korrekt. Du hast vielleicht einen Doppelgänger, das kommt vor. Aber beim genauen Hinsehen würdest du erkennen, wie grundverschieden ihr seid.«

Die Worte seines Vaters wirken nach. Und mit der verblassenden Erinnerung an den anderen kommen die Zweifel:

Eigentlich hat er ihn ja nur aus der Ferne gesehen. Seine Mitschüler haben zwar viel rumgequatscht, aber hat er dem anderen wirklich so ähnlich gesehen? Tatsächlich wirkten seine Haare dunkler als die eigenen. Und ob sie beide dieselbe Größe haben, hält er mittlerweile für eher unwahrscheinlich. Wenn sie einander gegenübergestanden hätten, ja dann …

Vielleicht hätte sich Alex auf diese Weise irgendwann selbst überzeugt. Wenn nicht diese merkwürdigen Vorfälle gewesen wären.

Einige Monate nach ihrem Sportfest haut ihn sein Freund Burhan an. »Siehst auch keine kleinen Leute mehr, was? Wer war denn die Tusse gestern? Deine Neue?«

Alex hat keine neue Tusse, das macht er Burhan unmissverständlich klar. Und so klein, dass er ihn übersehen würde, ist Burhan auch wieder nicht.

Doch der bleibt stur. Ist sich absolut sicher, dass es Alex gewesen ist, der mit der kleinen Blonden im Café gesessen hat. Er habe sich sogar ans Fenster gestellt und gewunken, meint Burhan. Nur eine gewienerte Scheibe zwischen ihm und ihnen – da sei doch wohl kein Irrtum möglich.

Nur: An besagtem Nachmittag ist Alex gar nicht in der Stadt gewesen – geschweige denn mit irgendeiner kleinen Blonden im Café. Schade eigentlich, sagt er noch, das wäre sicher spaßiger gewesen als Mathe zu lernen. Aber das will Burhan gar nicht mehr wissen.

Ein anderes Mal soll Alex für seine Mutter einen Flachbettscanner kaufen. In Computerdingen vertraut sie ihm, da kennt er sich aus. Der Typ im Laden begrüßt ihn wie einen alten Bekannten. »Bist du mit deinem iPod zufrieden?«, fragt er Alex. Darauf kann dieser nichts sagen. Er wünscht sich zwar einen iPod, hat bislang aber noch nicht das Geld dafür zusammen. Wohl eine weitere Verwechslung. Denn auch den Verkäufer sieht er an diesem Nachmittag zum ersten Mal.

Jetzt, wo sich derartige Begegnungen häufen, erinnert sich Alex an ähnliche Erlebnisse in seiner Kindheit. Früher hat er sie nicht weiter beachtet, weil er sich keinen Reim darauf machen konnte.

Mit dem Wissen, dass irgendwo ein Typ herumläuft, der ihm sein Gesicht geklaut hat, gewinnen solche Szenen jedoch an Bedeutung.

Eines Tages, Monate sind seit ihrer ersten Begegnung vergangen, sieht er ihn plötzlich wieder. Es ist auf einem Rockkonzert im Jugendzentrum. Alex steht am Tresen und beobachtet eine kleine Blondine, die am Bühnenrand wie wild rumzappelt und sich am Ende des Stücks in die Arme ihres Freundes wirft. Als sie sich küssen, wischt das Spotlight über sie hinweg. Lang genug, um im Gesicht ihres Lovers das eigene zu erkennen. Jetzt ist Alex sicher, dass er sich nichts, aber auch gar nichts eingebildet hat.

Den ganzen Abend lässt er die beiden nicht aus den Augen. Er legt sich Worte zurecht, die er wieder verwirft, wartet auf eine Gelegenheit, die sich nicht ergibt, und geht am Ende mit dem quälenden Gefühl nach Hause, eine Chance verpasst zu haben, die so schnell nicht wiederkommt.

Pascal hat Janine zu Hause abgesetzt. Er hat ihr nicht gesagt, dass sein Doppelgänger im Jukuz gewesen ist. Sie hätte ihn bedrängt, den anderen anzusprechen. Hätte wahrscheinlich selbst die Fragen gestellt, die zu stellen er sich nicht getraut hat.

Pascal weiß, dass ihn der andere auch bemerkt hat. Oft genug hat er in ihre Richtung geblickt. Und ist doch den ganzen Abend an seinem Platz an der Theke kleben geblieben. Pascal weiß genau, warum. Er hat Angst vor den Blicken der anderen gehabt. Und vor dem blöden Gelaber.

Jetzt liegt Pascal im Bett und ärgert sich. Eine solche Ähnlichkeit kann kein Zufall sein. Da können seine Eltern tausendmal behaupten, dass es keinen Zwilling gibt, dass gewisse Ähnlichkeiten zwischen Menschen normal seien, zumal zwischen Jugendlichen, die sich ja sowieso alle gleich kleideten, dieselbe Frisur hätten und denselben gelangweilten Gesichtsausdruck zur Schau trügen. Wenn sie seinen Zwilling gesehen hätten, würden sie nicht mehr so dumm daherreden!

Beim nächsten Treffen, das schwört sich Pascal in dieser Nacht, wird er den anderen ansprechen – ganz gleich, ob andere zusehen. Er muss einfach wissen, was es mit ihm auf sich hat.

Am nächsten Tag, lange bevor sich die beiden Jungen wiedersehen, kommen die Dinge endlich in Bewegung …

Es ist Sonntag. Pascal ist bei Janines Eltern zum Kaffee eingeladen. Zwischen Erdbeertorte und Marmorkuchen erzählt er, was ihm vor Monaten auf dem Sportplatz passiert ist. Janines Mutter reagiert ganz anders als seine Eltern. Sie hört aufmerksam zu, hakt nach, fragt ihn nach seinem Geburtsjahr, sogar nach dem Monat, kramt in ihrem Gedächtnis und rückt endlich mit der Sprache raus:

»Da gab es einen Zeitungsartikel, kurz nach Eröffnung des neuen Stadtkrankenhauses. Am Abend zuvor hatte es im Klinikum die erste Zwillingsgeburt gegeben. Ich erinnere mich deshalb so genau daran, weil ich zu der Zeit mit Janine schwanger war, ich glaube, im vierten oder fünften Monat, und gedacht habe, mein Gott, gleich zwei, an einer trägst du doch schon schwer genug. An das genaue Datum kann ich mich natürlich nicht mehr erinnern, aber …«

»Das lässt sich ja leicht herauskriegen«, mischt sich Janines Vater ein. »Ihr müsst bloß beim Kreisanzeiger anrufen und fragen, ob die nicht mal in ihrem Archiv nachsehen können.«

»Wir könnten doch auch gleich ins Krankenhaus gehen«, schlägt Janine vor.

Doch ihr Vater wiegelt ab. »Vergiss es. Die dürfen euch nichts sagen. Patientenakten sind schließlich streng vertraulich.«

Der zuständige Redakteur beim Kreisanzeiger stellt sich zunächst quer. »Wir haben nur die letzten acht Jahre elektronisch gespeichert«, versucht er den jungen Anrufer abzuwimmeln, »da kann ich nichts machen.«

Pascal lässt nicht locker. »Heben Sie die Zeitungen denn nicht auf?«

»Sicher«, knurrt der Redakteur. »Die verstauben im Regal. Wenn du vorbeikommen willst, bitte, kannst den ganzen Nachmittag blättern. Ich hab keine Zeit für solche Sperenzchen.«

Eine Stunde später stehen Pascal und Janine bei ihm auf der Matte. Missmutig führt er sie in den Keller, wo sich hohe Regale aneinander reihen.

Die beiden müssen nicht lange blättern. Schließlich können sie die Suche bis auf den Tag genau eingrenzen: den Tag nach Pascals Geburt.

Und tatsächlich: Gleich auf der ersten Seite blicken sie in das Gesicht einer jungen, erschöpft wirkenden Frau, in ihren Armen zwei zerknautschte, selig schlummernde Babys. Pascal betrachtet die Frau, die ihm fremd und vertraut zugleich vorkommt. Es ist seltsam. Sie sieht ihm eigentlich überhaupt nicht ähnlich und doch ... Und doch spürt Pascal tief in seinem Innern, dass es wirklich seine Mutter ist, die ihn aus jener leicht vergilbten Schwarzweiß-Fotografie heraus ansieht. Leider ist ihr Nachname abgekürzt. Sonst hätte er im Telefonbuch nachschlagen können. Obwohl er sich andererseits gar nicht vorstellen kann, dass sie noch immer in der Stadt wohnt. Wenn er wenigstens dem anderen Bescheid sagen könnte! Aber er hat keine Idee, wie. Er weiß weder seinen Namen noch hat er eine Ahnung, auf welche Schule er geht. Wen sollte er fragen?

Der Herbst kommt, die Bäume werfen ihre Blätter ab, die der Winter bald darauf unter einer dünnen Schneeschicht begräbt.

Alex ist viel zu Hause. Im neuen Schuljahr ist er abgestürzt, hat aber rechtzeitig vor den Halbjahreszeugnissen die Reißleine gezogen. Wochenlang hockt er über seinen Büchern, büffelt, bis ihm das Blut in den Schläfen pocht, und kommt erst wieder raus, als der Schnee zu schmelzen beginnt.

In der Schule fragen sie ihn manchmal nach seinem »Klon«, aber Alex hat die Gedanken an den anderen, so gut es ging, verdrängt.

Doch eines Morgens, am ersten Frühlingstag im neuen Jahr, begegnet er ihm ein drittes Mal. Alex strampelt gerade durch die Straßen der Vorstadt, als ihn ein Mofa überholt, abbremst und langsam neben ihm herfährt.

»Hi.«

Alex muss das Gesicht unter dem Helm nicht sehen um zu wissen, wer es ist.

Sie halten an.

»Ich bin Pascal«, sagt der Junge mit einer Stimme, die seine eigene sein könnte. Dann nimmt er den Helm ab.

Sie sehen sich an. Grinsen verlegen. Alex nennt seinen Namen.

»Alex von Alexander?«, fragt Pascal.

»Nein, Alex von Alex.«

Schweigend schieben sie los. Leute kommen ihnen entgegen, sehen vom einen zum anderen. Ein Pärchen tauscht Blicke.

»Ich würd dir gern was zeigen«, sagt Pascal nach einer Weile. »Hast du Zeit?«

Der Redakteur beim Kreisanzeiger staunt nicht schlecht, als die beiden vor ihm stehen. »Das gibt's doch gar nicht!«, ruft er aus. »Na, das nenn ich eine Überraschung!« Wie es scheint, hat er heute seinen guten Tag.

Später hocken die Jungen lange über dem Bild aus dem Krankenhaus. Die Frau blickt sie die ganze Zeit über ernst an. Alex fährt mit dem Finger über ihr Gesicht. »Und wer ist wer?«, fragt er.

»Ich bin der mit dem Hut«, antwortet Pascal und grinst.

Auf dem Bild haben beide Babys Mützchen.

»Sie sieht so jung aus«, bemerkt Alex irgendwann. Die Frau wirkt kaum älter als Burhans große Schwester. Und die ist gerade 17 geworden.

»War vielleicht der Grund, weshalb sie uns nicht behalten wollte«, erwidert Pascal.

»Wär ja auch möglich, dass man uns ihr weggenommen hat.«

Pascal zuckt die Schultern. »Ist doch auch egal, oder?«

Als sie sich trennen, tauschen sie ihre Handy-Nummern aus. Ihr nächstes Treffen wollen sie nicht dem Zufall überlassen.

Jahre vergehen, bis sie das Geheimnis ihrer Geburt entschlüsseln.

Ihre Eltern, dreizehn Jahre lang ahnungslos wie sie, setzen Himmel und Hölle in Bewegung, um das Schicksal der Mutter in Erfahrung zu bringen. Doch überall beißen sie auf Granit: Die Akten im Krankenhaus bleiben unter Verschluss, das Jugendamt verweist auf die bestehende Gesetzeslage, und der zuständige Standesbeamte kann angeblich keine Unterlagen über den »Vorgang« finden, wie er die Zwillingsgeburt in schönstem Behördendeutsch nennt.

Als sie schon lange entnervt aufgegeben haben, kommt ihnen wieder der Zufall zu Hilfe.

Es ist die Freundin einer Freundin von Alex' Adoptivmutter, die endlich Licht ins Dunkel bringt. In der Schule habe sie über viele Jahre eine beste Freundin gehabt, erzählt sie, als ihr die seltsame Geschichte der Zwillinge zu Ohren kommt. Eines Tages habe ihr diese verraten, dass sie schwanger sei. Den mutmaßlichen Vater vermutete sie in einem Urlaubsflirt, von dem sie noch nicht einmal die Adresse hätte.

Kurz nach der Geburt habe es Komplikationen gegeben, so genau wisse sie das nicht mehr, erzählt die Frau, eine Infektion oder eine Blutvergiftung. Jedenfalls sei es ihrer Freundin plötzlich sehr schlecht gegangen. Wochenlang hätten die Ärzte um ihr Leben gerungen, doch den Kampf am Ende verloren. Die Kinder – ihre Freundin habe nämlich Zwillinge geboren – habe man nach dem Tod der Mutter zur Adoption freigegeben.

Warum die Zwillinge getrennt wurden, klärt sich nicht auf. Als dieser Entschluss jedoch einmal gefasst worden war, ergaben sich die Konsequenzen daraus von selbst. Adoptiveltern nämlich wird – zumindest war das damals so – die mögliche Existenz von Geschwistern bewusst verschwiegen. Damit wolle man, so die Begründung, negative Folgen für die Entwicklung des Kindes vermeiden.

Welcher Art diese negativen Folgen hätten sein mögen, können weder Alex noch Pascal nachvollziehen. Wären sie nicht in derselben Stadt, sondern Hunderte Kilometer voneinander entfernt aufgewachsen, vielleicht hätten sie sich nie kennen gelernt. Und nie erfahren, was es heißt, einen Bruder zu haben, den sich beide seit frühester Kindheit gewünscht hatten. Zwar leben sie auch nach ihrer Begegnung das gewohnte Leben weiter – in der eigenen Familie, unter verschiedenen Nachnamen und mit den eigenen Freunden. Und doch ist ein Leben ohne den anderen plötzlich undenkbar geworden.

Alex nennt es das unsichtbare Band, das sie verbindet. Und für Pascal hat Stockmanns Musketier-Schwur – »Einer für alle, alle für einen« – mit einem Mal eine echte Bedeutung.

Diese Geschichte beruht auf einer wahren Begebenheit.

Der Hahn

Irma Krauß

Isabella hasste ihren Bruder Frank so heftig, wie sie ihren Bruder Arnold liebte. Bis zu einem bestimmten Tag im Sommer, als Isabella vierzehn war; Frank war zu der Zeit fünfzehn und Arnold sechzehn.

Sie lebten auf dem Land. Ihre Eltern hatten einen Bauernhof am Waldrand gekauft, abseits vom Dorf und weit genug entfernt von der Großstadt; der Vater, der in einem Rechenzentrum arbeitete und wändehoch von summenden, surrenden, piependen Computern umgeben war, wollte, dass seine Kinder naturnah aufwuchsen, und nahm dafür die weite Fahrt zur Arbeit in Kauf. Die Mutter, eine ausgebildete Lehrerin, blieb zu Hause bei den Kindern, baute Kartoffeln und Gemüse an, hielt Hühner und Schafe und setzte den alten Brotbackofen wieder in Stand; das Gras im Obstgarten ließ sie von den Schafen und einem Pony abweiden, das Obst lagerte sie für den Winter ein. Sie arbeitete wie eine Bäuerin. Und genau wie eine Bäuerin von ehedem kümmerten sie die kleinen Belange der Kinder wenig: Kräftemessen, Rangeleien, Revierkämpfe waren für sie Teil und Ausdruck eines gesunden Aufwachsens.

Die drei Kinder lebten in ihrer eigenen Welt und

kannten es nicht anders. Sie hatten einen weiten Schulweg, den sie auf dem Fahrrad und mit dem Bus zurücklegten. Enge Freundschaften mit anderen Kindern ergaben sich nicht: Frank und Arnold hatten einander und Isabella war nur daran interessiert, bei ihren Brüdern zu sein.

»Wo ist mein Hahn?«, ruft Isabella. Sie hat die Haustür aufgestoßen und stürmt in die Küche, wo ihre Mutter das Abendessen vorbereitet. Es riecht nach frisch gebackenem Brot.

Die Mutter dreht erstaunt den Kopf. »Dein Hahn? Wo soll der sein? Ist er nicht da?«

»Würde ich sonst fragen?«, sagt Isabella und läuft schon wieder hinaus. »Wo sind Arnold und Frank?«

»Oben!«, ruft die Mutter ihr nach.

Isabella rennt aber nicht die Treppe hinauf, sondern in den Garten. Der Hahn muss ja da sein, denn der Drahtzaun um den Garten ist so hoch, dass der Hahn und die Hühner ihn nicht überfliegen können. Sie hat bestimmt nicht genau hingesehen und dem Hahn auch nicht genügend Zeit gegeben, heranzuflattern. Sie ist zu ungeduldig gewesen nach diesem langen Schultag, ihre Brüder, die sind natürlich mal wieder früher heimgekommen …

Neben ihren Brüdern hatte Isabella seit jeher die Tiere. Sie war viel im Garten und es gelang ihr, den Hahn zu zähmen. Ein gewöhnliches Mädchen hätte das Pony bevorzugt oder den Hund oder hätte die kleinen Katzen und Lämmer herumgetragen, aber von allen Tieren gehörte Isabellas Liebe dem Hahn. Die vielen Stunden an so vielen Tagen, die sie damit verbracht hatte, ihn zutraulich zu machen, banden sie eng an ihn. Der Hahn flatterte auf ihren ausgestreckten Arm, wann immer sie ihn lockte. In besonderen Momenten ließ er sich sogar dazu herab, auf ihrem Schoß Platz zu nehmen. Dann leuchtete ihr Gesicht vor Glück.

Die Eltern lächelten sich zu, falls sie gerade Zeugen waren, denn sie sahen ihr Konzept vom Wert eines naturnahen Lebens bestätigt.

Sie wussten nicht, dass Isabellas jahrelange intensive Beschäftigung mit dem Hahn indirekt mit Frank zu tun hatte: Er scheuchte die kleine Schwester unbarmherzig fort, wenn sie sich zu ihm und Arnold gesellen wollte. Arnold hätte Isabella gern in die Jungenspiele mit einbezogen, doch Frank verhinderte das; schon auf dem Schulweg ins Dorf und auf dem Rückweg zum Waldhof fuhr er dem Mädchen davon und riss auch den Bruder mit, oder er manipulierte Isabellas Rad, sodass ihr die Kette absprang. Isabella hasste ihn dafür und auch für alles andere, das er ihr antat; am meisten aber hasste sie ihn dafür, dass er Arnold zu Gemeinheiten anstiftete. Wollte Arnold ihr das Baumhaus in der alten Weide zeigen, das er mit Frank zusammen gebaut hatte, und tauchte währenddessen Frank unerwartet auf, so fragte er Arnold, ob neuerdings Mädchen Zutritt hätten, und er nannte ihn ein Weichei, einen Softi, der mit Mädchen spiele. Wenn Arnold Isabella nicht sofort fallen ließ wie eine heiße Kartoffel, wurde Frank hämisch, beißend, drohend. Spätestens da distanzierte sich Arnold hastig, er behauptete, Isabella liefe ihm ja ständig hinterher, er könne gar nichts machen. Dazu stampfte er mit dem

Fuß auf und befahl seiner Schwester, endlich abzuhauen. War Frank nicht restlos überzeugt von der Darbietung, rief Arnold wohl auch noch einen Spottvers hinter Isabella her, der sonst nur über Franks Lippen kam. Oder er tat, als würde er aus dem Baumhaus auf sie schießen.

Er machte das alles wieder wett, wenn Frank nicht da war. Isabella unterschied genau zwischen dem guten Arnold und dem bösen, und was ihr der böse antat, setzte sie kurzerhand mit auf ihr Hasskonto, das den Namen Frank trug.

So war es gegen Ende ihrer Kindheit.

Anfangs hatte Arnold oft genug versucht sich durchzusetzen, doch es zeigte sich, dass er lange nicht so stark war wie der jüngere Bruder. Frank seinerseits handelte nicht aus Bosheit, sondern aus Eifersucht: Er ertrug es schlecht, dass Arnold in Wirklichkeit mehr an der kleinen Schwester hing als an ihm. Es war aber auch zu offensichtlich, Arnold konnte sich verstellen, wie er wollte, jeder merkte ihm an, wie gern er die kleine Schwester hatte.

Dann war die Kindheit vorüber und das Problem erledigte sich von selbst: Isabellas Interesse an Jungenspielen erlosch. Nicht aber die Zuneigung zu Arnold und der stille Hass auf Frank.

Sie schienen alle drei etwa zur selben Zeit in die Pubertät zu kommen; Arnold zog sich manchmal tagelang zurück und hatte angeblich wichtige Schularbeiten, Frank brauste wegen jeder Kleinigkeit auf und Isabella isolierte sich gänzlich. Sie lernte für die Schule und las viel. An schönen Tagen saß sie dazu im Garten, den Hahn neben sich, der ihr Körner aus der Hand pickte.

Isabella rennt zurück ins Haus. Sie hat im Hühnerstall und in der Scheune nachgesehen, jeden Eimer umgedreht, die Johannisbeersträucher durchkämmt, den Kompost umrundet, sogar die Baumkronen inspiziert: kein Hahn. Die Hühner scharren und picken herum oder liegen in ihren Kuhlen, aber der Hahn ist weg.

»Mama«, ruft sie in Panik, »er ist wirklich weg!«

Ihre Mutter stellt den Tellerstapel auf dem Tisch ab. Beunruhigt fragt sie: »War das Tor offen?«

»Nein!«

»Ist ein Loch im Zaun?«

»Nein, kein einziges!«

»Und die Hühner? Sind die alle da?«

»Ich hab sie nicht gezählt!«, schreit Isabella entnervt und läuft nach oben, zu ihren Brüdern, während die Mutter in den Garten geht um selbst nachzusehen.

Arnold und Frank arbeiten am Computer, den der Vater ihnen allen als Arbeitsgerät zur Verfügung gestellt hat – für die Schule; Spiele sind nicht erlaubt und die unheimliche Gabe des Vaters, jeden Verstoß zu entdecken, hat dazu geführt, dass der Computer wirklich nur zum Arbeiten benützt wird. Im Augenblick zeigt Arnold seinem Bruder, wie man den installierten Taschenrechner verwendet.

»Habt ihr meinen Hahn gesehen?«, ruft Isabella.

Keine Reaktion. Frank steht beobachtend vor dem Monitor, weit vorgebeugt, die Hände in den Gesäßtaschen, Arnold sitzt auf dem Stuhl und fuhrwerkt mit der

Maus herum. »Und so stellst du von Standard auf Wissenschaftlich um«, doziert Arnold atemlos, »Standard ist falsch, Standard kennt nämlich die Regel Punkt vor Strich nicht, deswegen musst du die wissenschaftliche Variante …«

Der Monitor erlischt, das Rauschen des Computers auch. Isabella hat einfach den Stecker aus der Wand gezogen. Ihre Angst um den Hahn ist so groß, dass sie jede Rücksicht fahren lässt.

Arnold sackt zusammen. Die Maus fällt hinunter und landet mit einem hässlichen Scheppern auf dem Boden.

Frank wendet das Gesicht gerade mal so weit um, dass er Isabella von schräg unten ansehen kann. »Du hast meine Arbeit abgeschossen«, sagt er durch die Zähne.

Arnold bückt sich. Seine Finger zittern und die Maus schlüpft ihm noch einmal davon. »Bist du verrückt geworden, Isabella?«, murmelt er.

Isabella zittert auch. »Es tut mir Leid«, sagt sie mühsam. »Der Hahn ist weg. Hat einer von euch …«

»Der Hahn, der Hahn!«, schreit Frank. Er zieht die Hände aus den Taschen und fährt herum. »Hast du kein größeres Problem als deinen blöden Hahn? Ich hab die Arbeit nicht gespeichert und jetzt kann ich von vorn anfangen!«

»Frank …«, fleht Arnold.

Frank schiebt ihn grob vom Stuhl und setzt sich selbst darauf. »Los, steck die Kiste wieder ein«, zischt er. »Ich seh mal nach, ob was zu retten ist.«

Arnold nimmt Isabella den Stecker aus der Hand. Er schaut sie nicht an. »Was soll denn mit dem Hahn sein?«, murmelt er und sucht nach der Steckdose, die genau da ist, wo sie immer ist.

»Er ist weg!«

»Er wird schon wieder auftauchen …«

»Den hat der Fuchs geholt, was?«, kommt es von Frank. »Ich meine, der Fuchs hat auch Hunger, das ist doch normal!«

»Frank …«, wiederholt Arnold hilflos.

Isabella bringt keinen Ton heraus. Ihr Gesicht hat alle Farbe verloren. Sie dreht sich um und rennt die Treppe hinab.

Die ganze Familie beteiligte sich an der Suche nach dem Hahn. Auch Frank. Die Eltern konzentrierten sich auf den Garten, Isabella stürzte sich auf jedes Federchen im Wald, Arnold durchstreifte mit dem Hund die weitere Umgebung und Frank ging ins Dorf, um dort Nachforschungen anzustellen.

Die Mutter behauptete, der Fuchs käme niemals bei Tag und nicht einmal nachts, dafür habe man ja den Hund; außerdem müsste man dann Spuren eines Kampfes finden; das Geschrei der Hühner, räumte sie ein, könnte allerdings der elektrische Teigkneter übertönt haben.

Einmal sah Isabella Frank an und der zog sofort die Brauen zusammen. Aber bevor er aufbrausen konnte, schüttelte Arnold den Kopf: Sie beide seien ja gemeinsam aus der Schule gekommen und hätten am Computer gearbeitet.

Man fand nichts. Der Hahn war und blieb verschwunden.

Ein großer Raubvogel vielleicht, vermutete die Mutter, denn der Hahn habe doch so gern auf dem Gartentisch gestanden, wie auf einem Präsentierteller ...

Isabella schlief bei offenem Fenster, und wer abends draußen eine heimliche Zigarette rauchte – mal war es Arnold, mal Frank –, hörte sie weinen.

Jeder in der Familie nahm auf seine Weise Anteil. Der Vater bot Isabella einen jungen Hund an, den sie im Haus halten dürfe; ein Privileg, das der alte Hofhund nicht genoss; Frank unterließ alle Sticheleien; Arnold schien in Tränen ausbrechen zu wollen, sooft er Isabella ansah; er war sanft und aufmerksam und blieb morgens mit seinem Rad an ihrer Seite; die Mutter schlug die Anschaffung eines neuen Hahns vor.

Isabella aber wollte kein anderes Tier. Keinen Hund und schon gar keinen Hahn. Sie wollte auch keine Anteilnahme. Einzig Arnolds kleine Aufmerksamkeiten konnte sie dankbar akzeptieren; mal fand sie ihre Lieblingsschokolade auf dem Bett liegen, ein anderes Mal hatte er heimlich ihr Rad geputzt, hatte das Licht repariert und für die verloren gegangene Klingel eine neue angeschraubt.

Arnold bestritt, dass er es gewesen war, und tauschte einen – wie Isabella schien: verlegenen – Blick mit Frank; doch Frank wandte sich nur stumm ab, die Zuneigung des Bruders zu Isabella schien ihm nichts mehr auszumachen.

Es war ein warmer, freundlicher Sommer. Isabella setzte sich aber nicht in den Garten, weder für Schularbeiten noch zum Lesen, der Hahn fehlte ihr zu sehr, ohne ihn war der Garten trostlos leer. Die Mutter, die schon der Hühner wegen gern wieder einen Hahn gehabt hätte, hörte auf Arnolds Rat und wartete erst einmal ab.

Da kam Isabella eines Tages aus der Schule und fand in ihrem Zimmer einen kleinen Hund vor, einen halb ausgewachsenen Welpen. Keiner war zu Hause, es nützte nichts, zu protestieren. Isabella aß in der Küche, mit finsterer Miene, und ging dann wieder nach oben, entschlossen, den Hund, den sie wimmern hörte, nach unten zu bringen und seinem Schicksal zu überlassen; der Vater – oder vielleicht auch Arnold – hatte es ja sicher gut gemeint, aber die Trauer um ihren Hahn ließ keinen Hund zu. Sie öffnete die Tür zu ihrem Zimmer.

Der Hund, der in einem Karton saß, hörte zu wimmern auf und versuchte herauszuklettern. Dabei kippte der Karton, der Hund purzelte heraus, zappelte ein wenig und kroch dann scheu auf Isabella zu. Sie machte einen Bogen um ihn; sie hatte vor, den Karton zu nehmen, den Hund wieder hineinzusetzen und beides in die Küche hinunterzubringen. Doch bis sie den Karton prüfend gewendet hatte, stand der Hund auf seinen Beinen. Er wedelte und kam zögernd näher.

Da sah Isabella, dass er nur drei Beine benützte. Er musste sich beim Herausfallen verletzt haben. Erschrocken hockte sie sich zu ihm nieder.

Dass der Hund verletzt war, hatte Vorrang, man musste mit ihm einen Tierarzt aufsuchen. Während der Rückfahrt saß er nicht mehr im Karton, sondern auf Isabellas Schoß. Die Mutter lenkte den Wagen und schüttelte von

Zeit zu Zeit den Kopf: Wer immer den Hund ins Haus gebracht hatte, hatte wohl nicht bemerkt, dass es sich um ein behindertes Tier handelte. Denn das Röntgenbild hatte ergeben, dass die Verletzung, die den Hund hinken ließ, bereits ausgeheilt war.

Isabella starrte schweigend auf die Straße, sie wich dem Blick des Hundes aus. Aber sie spürte seine Wärme und Lebendigkeit. Und hörte den wohligen kleinen Seufzer, mit dem er seinen Kopf endlich auf ihrer Hand ablegte.

Im Laufe der nächsten Tage und Wochen eroberte der Hund ihr Herz und einen festen Platz in ihrem Leben, obwohl oder gerade weil er hinkte und bis an sein Lebensende hinken würde.

Die Mutter, die sich über die Behinderung ärgerte, fand nicht heraus, woher der Hund stammte und wer ihn ins Haus gebracht hatte – alle infrage Kommenden leugneten, etwas damit zu tun zu haben.

Für Isabella war klar, dass es Arnold gewesen war; der Vater hätte kein solches Geheimnis daraus gemacht. Doch weil sie anfangs ablehnend reagieren musste und auch danach nur zögerlich zeigte, wie viel der Hund ihr bedeutete, wurde nicht darüber geredet. Ihren Hahn vergaß sie nicht, aber der Hund begann die Lücke auszufüllen. Die Familie atmete auf und jeder konnte sich wieder seinen eigenen Problemen widmen.

Dann kam ein Tag in den Sommerferien, an dem die Mutter im Garten arbeitete, der Vater wie immer in der Arbeit war und die Brüder irgendwo zelteten. Nur Isabella war im Haus, als das Telefon läutete. Eine freundliche weibliche Stimme meldete sich aus einem Tierheim und fragte nach dem Hund. Ob er sich gut mache, ob man ihn trotz seines Hinkens gern habe. Sie habe sich schon längst einmal erkundigen wollen. Isabella war einen Moment sprachlos, dann überstürzten sich ihre Worte. Endlich wusste sie, woher Arnold den Hund hatte! Sie erzählte vom Hund, aber auch von ihrem Bruder. Die Frau widersprach mehrmals. Am Ende stand fest, dass nicht Arnold, sondern Frank den Hund beschafft hatte. Und dass er eigens nach einem Tier verlangt hatte, das Mitleid erwecken würde und das sonst keiner haben wollte.

Isabella saß eine lange Zeit neben dem Telefon, unfähig, einen klaren Gedanken zu fassen. Ihre ganze Kindheit, nein, ihr ganzes Leben stand Kopf. Sie wusste nicht, wie sie das Bild zurechtrücken konnte, damit es wieder passte.

Mit Herzklopfen wartete sie auf Franks Rückkehr aus dem Zeltlager und während dieser Zeit korrigierte sie, ohne es zu wollen, die Vergangenheit: Wer gut handelte, musste gut sein, wer es noch dazu im Verborgenen tat, musste besonders gut sein, denn er erwartete keine Belohnung; und wenn ein solcher Mensch böse gehandelt hatte, gab es wahrscheinlich Gründe dafür. Isabella fand Ursachen für Franks Verhalten, unter anderem ihre eigene penetrante Anhänglichkeit, die vereinnehmende Art, mit der sie Arnold immer nachgelaufen war.

Der heimgekehrte Frank erlebte eine weiche, freundliche, aufmerksame Isabella. Ihr Verhältnis änderte sich grundlegend. Denn zu einer Schwester, die ihm und nicht Arnold als Erstem ein Kunststückchen des Hundes zeigte, konnte Frank nicht anders als nett sein; eine

Schwester, die sich für seine Ferienabenteuer interessierte und ihn offen ansah, konnte er nicht abweisen.

Den Telefonanruf behielt Isabella für sich, sie fand es schön, um Franks Geheimnis zu wissen und es dabei zu belassen.

Das geheime Wissen um das Schicksal des Hahns teilten sich Arnold und Frank. Sie hatten an dem Tag voreinander geschworen, dass sie niemals ein Sterbenswörtchen verlauten lassen würden:

Es ist ein langweiliger Sommernachmittag, an dem sie beide Schule geschwänzt haben und nach Hause gefahren sind. Sie wollen baden gehen. Arnold findet seine Badehose auf der Wäscheleine, Frank muss heimlich ins Haus um seine zu holen. Was nicht weiter schwierig ist, denn in dem Moment schaltet die Mutter den Brotteigkneter ein, neben dem man eine Rakete abfeuern könnte, ohne gehört zu werden.

Arnold wartet hinter der Scheune. Frank bringt aber keine Badehose, sondern ein längliches Paket mit. Arnold erkennt es sofort, darin ist das Kleinkalibergewehr des Vaters. Der hat ihnen schon lange versprochen, dass er mit ihnen schießen üben wird, obwohl es natürlich verboten ist, doch bis jetzt ist nichts daraus geworden.

»Nur einen Schuss«, flüstert Frank, als er Arnolds Bestürzung sieht. »Jeder einen Schuss, dann bringe ich es zurück. Mama hat die Knetmaschine laufen!«

Arnold lässt sich überreden.

Sie schieben das gefüllte Magazin in den Magazinschacht. Frank repetiert, zielt auf eine Plastikflasche und trifft sie auch. Erregt nimmt ihm Arnold das Gewehr aus der Hand. Frank holt einen kleinen Kürbis und legt ihn unter den Birnbaum. Arnold zielt sorgfältig. Und trifft.

»Mann! Noch einen, Frank, bitte!«

»Nein«, sagt Frank. »Sonst merkt man gleich, dass das Magazin nicht mehr voll ist.«

Arnold gibt ihm das Gewehr mit Bedauern zurück.

Frank drückt das Magazin heraus. »Jetzt wissen wir jedenfalls, dass wir schießen können«, stellt er fest und nimmt probeweise den Baumstamm ins Visier, danach einen losen Ziegel am Scheunendach.

Arnold stößt ihn an. »Da!« Er grinst.

Der Hahn steht auf dem Gartentisch.

Frank legt spielerisch auf ihn an und drückt ab.

Als der Hahn zuckt und vom Tisch fällt, sehen sie sich eine Sekunde lang verständnislos an. Dann murmelt Frank: »Scheiße, das ist eine Automatik, da war noch eine Patrone drin!«

Sie beseitigen alle Spuren. Den toten Hahn vergraben sie weitab in einem Waldstück, wo keine Gefahr besteht, dass der Hund ihn ausbuddelt. Sie häufen dürre Zweige auf die Stelle.

Dann stehen sie schwer atmend davor und Arnold sagt: »Sie darf es nie, niemals erfahren!«

Frank nickt. »Wir schwören. Wir schwören es. Jetzt. Hier.«

Woher mein Bruder seine Narbe hat

Reinhold Ziegler

Wir spielten, wie alle Kinder das tun, Cowboy und Indianer. Töteten uns mit Pfeilen und Speeren, massakrierten und skalpierten uns – fröhlich und unblutig.

Mein Bruder Robert, immer zwei Jahre älter als ich, immer ein wenig größer, immer ein wenig stärker und schlauer, war ein begabter Bastler. Eines Tages stibitzte er vom Dach einer baufälligen Hütte ein paar Schieferschindeln und klopfte und feilte uns daraus zwei wunderbare Tomahawkköpfe.

Wir schärften die Streitäxte an beiden Seiten, schlitzten zwei Bambusstangen und befestigten die Äxte kunstvoll mit kreuzweise gebundenem Bast an diesen Griffen. Niemand sonst hatte solch schöne Tomahawks. Selbstbewusst trugen wir die tödlichen Waffen bei unseren Spielen und wieder einmal war ich stolz, Robert zum großen Bruder zu haben.

Damals war Robert zwölf Jahre alt, ich zehn. Wir wussten natürlich, dass wir die scharfen Schieferäxte nicht gegen unsere Mitspieler richten durften. Aber es war herrlich, sie vor den Augen der anderen großmächtig in Bäume zu schlagen oder gar, wie Robert das schaffte, sie mit einem Wurf aus fünf Meter Entfernung in der morschen Tür der alten Hütte feststecken zu lassen.

Speziell diesen Wurf übte ich verzweifelt, aber sosehr ich mich auch bemühte, meine Axt schlug meist mit dem Stil zuerst an, prallte ab und fiel zu Boden.

Robert zeigte mir, wie es ging: »Du musst sie locker aus dem Handgelenk werfen, sie drehen lassen, schau: So!«

Immer wieder übte ich seine Technik, stand stundenlang vor der alten Hütte, aber es wollte mir nie so recht gelingen. Wo ich ging und stand, machte ich Trockenübungen, schwang meinen Tomahawk wie zum Wurf – natürlich ohne ihn loszulassen. Einmal sah unsere Mutter uns zu und wollte uns daraufhin die Äxte wegnehmen, weil sie zu gefährlich seien. Es war nur dem Versprechen meines Bruders, wirklich und ganz arg aufzupassen, zu verdanken, dass wir sie dann doch behalten durften. »Pass auf, wo du hinzielst!«, rief er danach immer wieder und ich rief zurück: »Ich werf ja gar nicht, ich üb ja nur!«

Doch an diesem einen Tag ging alles ganz schnell. Wir standen auf einer kleinen Lichtung mitten im Wald, nur wir zwei, Robert und ich. Ich schwang wieder einmal übungshalber meinen Tomahawk mit aller Macht und schon im Schwung spürte ich, dass etwas sich plötzlich anders anfühlte als sonst.

Heute meine ich noch immer in Zeitlupe zu sehen, wie sich, weil sich die Bastschnur mit der Zeit durchgescheuert hatte, der Axtkopf vom Bambusstil löste. Wie sich die schwarze, glänzende Schieferscheibe schnell rotierend auf den Hinterkopf meines Bruder zubewegte. Wie mein Bruder sich kurz vor dem Aufprall zu mir umdrehen will. Wie die Tomahawkschneide in seine Wange eindringt …

Ich meine es in Zeitlupe zu sehen, obwohl ich davon überzeugt bin, dass ich in Wirklichkeit nichts gesehen habe. Oder nur, wie Robert plötzlich wie vom Blitz getroffen zusammenbrach. Alles andere sehe ich erst heute und immer wieder, weil mein Gehirn es rekonstruiert hat und es mir immer wieder vorspielt, um mich zu quälen und mich daran zu erinnern, was damals geschehen sein muss.

Ich weiß noch genau: Einen Moment lang war ich in Panik. Aber mein Gehirn verfügte offensichtlich schon damals über ein Notfallprogramm, das es in solchen Situationen nach dem ersten Schreck einschaltet. Auf dieser Lichtung im Wald erlebte ich dies das erste Mal. Inzwischen habe ich es in einigen Situationen erfahren, kann mich darauf verlassen und bin dankbar dafür. Damals, für mich selbst überraschend, wurde ich plötzlich ganz ruhig.

Ich ging zu Robert. Er lag auf dem Rücken, die Augen unter den offenen Augendeckeln nach hinten gedreht, bewegungslos. Aus seiner Backe quoll hellrotes Blut. Die Axt hatte die Wange auf der linken Seite, etwa zwei Zentimeter oberhalb der Oberlippe komplett durchschlagen. Ich starrte in die weit offene Wunde, und was ich in diesem ganzen Blut sah, waren seine oberen Backenzähne, die mich wie durch einen zweiten Mund anlächelten. Ich war mir sicher, dass er tot war, aber ich wusste auch, dass ich ihn nicht mitten im Wald liegen lassen konnte, tot oder nicht. Wir waren bestimmt zwei Kilometer von zu Hause entfernt, auf Hilfe war nicht zu hoffen. Also zog ich ihn an den Armen hoch – ich erinnere mich, dass sein Kopf einfach nach hinten klappte –, hievte ihn mir irgendwie auf den Rücken und die Schultern und begann ihn nach Hause zu tragen. Sein Schädel baumelte auf meiner Schulter, sein Blut lief an meinem Arm entlang, tropfte von meinem Ellenbogen auf den Boden. Ich lief und lief.

Wochen später wollte Robert wissen, wie ich das geschafft hatte. Er hat sich auf meinen Rücken gelegt und ich habe versucht ihn in ähnlicher Weise zu schleppen, aber ohne die Verzweiflung des Augenblicks fehlte mir die Kraft dazu.

Ich lief also, torkelte, schleppte, zog ihn hinter mir her. Dann merkte ich, dass wieder Leben in ihn kam. Er zappelte ein wenig, dann sagte er diesen Satz: »Was ist passiert?«

Ich antwortete ihm nicht. Nicht, weil ich es nicht wollte, sondern weil ich von der Schlepperei so ausgepumpt war, dass ich keine Kraft zum Sprechen hatte. Ich setzte ihn ab und holte Luft, überglücklich, dass er am Leben war.

Als er das zweite Mal fragte: »Was ist denn passiert?«, wollte ich nicht mehr antworten.

»Wir müssen weiter, du verblutest sonst, Robby!«

Erst da bemerkte er die Wunde. Vorsichtig tastete er an seine Backe und fühlte von außen seine Zähne. »Es tut gar nicht weh!«, meinte er verwundert.

Ich wusste noch nichts vom Schock und dachte, er spiele den Helden.

Ich zog ihn wieder auf meine Schulter, jetzt aber liefen seine Beine mit, so kamen wir viel schneller voran.

Endlich lehnte ich ihn ans Gartentor, klingelte und übergab ihn mit den Worten: »Mama, Robby ist verletzt!«, der Obhut unserer Mutter. Ab dann weiß ich nichts mehr. Meine Panikblockade löste sich auf und Mutter fand mich Stunden später in unserem Garten auf dem Boden sitzend, heulend.

Sie nahm mich in den Arm und streichelte meinen Kopf: »Alles ist gut!«, sagte sie. »Sie haben ihn genäht, zwölf Stiche. Du hast ihn gerettet, sagt der Arzt. Er hat viel Blut verloren. Aber jetzt ist alles gut!«

Noch fragte sie nicht, wie es passiert war, und ich war froh darüber.

Weil Robby so schwach war und sie Angst um seinen Schädel hatten, behielten sie ihn eine Nacht im Krankenhaus.

Beim Gedanken an den Abend, wenn ich mit Vater und Mutter allein sein würde, bekam ich feuchte Hände. Natürlich würden sie wissen wollen, was passiert war.

Bisher hatte ich nur geschwiegen, nicht gelogen. Als aber Vater dann die entscheidende Frage stellte, zuckte ich mit den Schultern: »Ich weiß es doch nicht. Ich habe ein Geräusch gehört, mich umgedreht und ihn da liegen sehen. Mehr weiß ich nicht.«

Mutter sah mich merkwürdig an, aber sie schwieg. Und so blieb das bestimmende Thema des Abends meine Heldentat, für die Mutter und Vater mich abwechselnd lobten. Am nächsten Tag kam Robby heim. Er hatte den Kopf eingewickelt wie ein Beduine, roch nach Jod und Krankenhaus und konnte kaum sprechen.

Das Erste, was er herausbrachte, war: »Wie ist das passiert?«

Ich sah auf den Boden und sagte: »Keine Ahnung, du lagst plötzlich da!«

Er lehnte sich auf dem Sofa zurück: »Komisch, ich kann mich an nichts erinnern! Waren wir im Wald? Oder bei der Hütte?«

»Im Wald!«, sagte ich. »Es gab irgendein Geräusch. Ein Schuss vielleicht.«

Er richtete sich auf: »Ehrlich?«, fragte er fast stolz. »Jemand hat mich angeschossen?«

Ich zuckte mit den Schultern.

Mutter kam dazu: »Der Arzt meinte, es sähe so aus, als sei er gestolpert und auf einen scharfen Stein gefallen.«

»Kann auch sein«, sagte ich. »Ich hab ihn ja nur liegen sehen.«

»Du zeigst mir die Stelle im Wald, ja?«, brachte er heraus.

»Klar!«, sagte ich. »Sobald du wieder okay bist!«

»Vielleicht finden wir die Kugel!«

»Klar!«, sagte ich noch einmal.

Ich schlich mich raus und rannte zurück in den Wald. Ich fand die Stelle, an der er gelegen hatte, sofort. Alles war voll Blut. Ich nahm einen der großen Steine, die in der Nähe rumlagen, schleppte ihn dorthin und legte ihn auf den Boden. Dann fand ich die Schneide meines Tomahawks. Sie war unbeschädigt. Es hing nur ein wenig trockenes Blut daran. Ich wischte sie am Gras sauber und steckte sie ein. Zu Hause legte ich sie in meine Truhenbank, ganz zuunterst, unter Comichefte, Taucherbrille, Sanitätsauto und Malsachen.

Als Vater abends heimkam, tröstete er Robby, sprach ihm gut zu. Dann kam er zu mir, drückte mich, lobte mich wieder, war stolz auf mich. Es tat so gut, ein Held zu sein. Ich würde Robby und allen anderen irgendwann erzählen, was passiert war. Nur nicht gleich, nicht heute. Ich wollte nicht plötzlich auf die andere Seite gestoßen werden.

Als ich Robby ein paar Tage später zu der Stelle im Wald führte, wusste ich, dass ich ihm nun alles erzählen würde. Aber kaum waren wir angekommen, sagte er: »Und du hast mich wirklich den ganzen Weg zurückgetragen?«

Wieder mal zuckte ich mit den Schultern.

Er fand den Stein, legte sich auf den Boden um zu rekonstruieren, was wohl passiert war.

»Unglaublich!«, meinte er. »Wie kann man nur so blöd fallen!«

Die Wunde verheilte rasch, wie Wunden das bei jungen Menschen tun. Was blieb, war ein deutlicher roter Strich quer über Robbys Backe, aus dem mich manchmal, wenn ich in Gedanken darauf starrte, seine Backenzähne angrinsten. Wenn er mich anschaute, sah ich weg. Er fragte nie nach dem Tomahawk.

Viele Nächte hindurch formulierte ich, wie ich es ihm sagen würde, aber ich fand keine Gelegenheit; nicht in den nächsten Wochen und nicht in den nächsten Monaten.

Jahre später räumte ich mit unserer Mutter meine Truhenbank aus.

»Was ist denn das?«, fragte sie und hielt den Tomahawkkopf hoch.

»Was? Also ... der Griff fehlt!«, antwortete ich erschrocken.

Sie sah mich merkwürdig an, aber sie schwieg.

Robby lernte KFZ-Mechaniker, bildete sich dann zum Kaufmann weiter und kaufte sich schließlich ein Autohaus.

Ich folgte meiner Berufung und wurde Chirurg. Ich hatte keine Angst vor großen Wunden, konnte ruhig bleiben, auch wenn das Blut in Strömen floss. Ich sah schlimmere Verletzungen als Robbys, hässlichere, größere – tödliche. Und ich lernte, dass er nicht verblutet wäre, nicht an so einer Wunde. Manchmal dachte ich wochenlang nicht an ihn und seine Narbe. Nur wenn wir uns, selten genug, sahen, grinsten mir seine Backenzähne entgegen.

Einmal zogen wir zusammen um die Gemeinde, tranken ein paar Pils zu viel. Auf dem Heimweg legte ich ihm den Arm auf die Schulter: »Ich muss dir mal was erzählen, Robby!«, lallte ich.

Er blieb stehen und sah mich belustigt an. »Du willst mir wohl sagen, dass du sturzbesoffen bist, stimmt's?«

»Nein ... ja« Ich nickte: »Sturz-be-soffen! Genau!«

Dann bekam Robby Krebs. Lungenkrebs. Ich war inzwischen auf künstliche Hüftgelenke spezialisiert, zum Glück. Ich war froh, ihn nicht operieren zu müssen. Sie machten ihn dreimal auf und holten raus, was er entbehren konnte, aber sie konnten den Tumor nicht stoppen.

Als ich ihn das letzte Mal lebend sah, war er abgemagert und totenbleich, gezeichnet vom Krebs, den Schmerzen und dem Morphium. Wie eine mit dem Lineal gezogene rote Linie leuchtete seine Narbe. Ich schloss die Augen. Ich hörte ihn mit dem Rest seiner Lunge schwer und schnell atmen. Ich hielt seine Hand.

»Warum kannst du mir nicht noch mal das Leben retten, Kleiner?«, fragte er mühsam.

Wir wussten beide, dass er verloren war.

»Ich muss dir endlich etwas erzählen, Robby«, sagte ich leise. Aber da bemerkte ich, dass er wieder eingeschlafen war.

Als in der Nacht das Telefon klingelte und Mutter dran war, wusste ich, was sie mir sagen musste.

Ich sah ihn noch einmal, bevor sie den Sarg verschraubten. Bleich und friedlich hielt er die Augen geschlossen und nur daran, dass nun auch der Strich über seiner Lippe weiß und nicht mehr rot war, konnte man erkennen, dass er nicht nur schlief.

Zu Hause kramte ich in meiner Trauer den Schieferkopf meines Tomahawks hervor und hielt ihn fest in der Hand, klammerte mich an ihn, während mein Gedächtnis Jahr um Jahr durch Robbys und mein Leben wanderte.

Und als die anderen Erde auf seinen Sarg streuten, trat ich zum Grab und warf diesen Tomahawk hinein. Ein wenig seitlich zielte ich, sodass er neben den Sarg fiel. Ich wollte nicht, dass er im Holz stecken blieb.

Mutter sah mich merkwürdig an, aber sie schwieg.

Glückskekse

Jutta Treiber

Mit zunehmendem Alter werde ich immer unwilliger, mir Geschichten auszudenken oder vielmehr die Geschichten, die ich sowieso in irgendeiner Form erlebt habe, so zu verschleiern und zu verbrämen, dass sie wie erfundene Geschichten aussehen.

Daher werde ich das auch nicht tun. Ich werde zu meinem Diktiergerät greifen und in die Frageposition gehen. (Recherche nennt man das auf Journalistisch.) Und werde reihum die Geschwisterpaare in meiner Familie interviewen.

Deren gibt es drei. Der einzige aller Ehemänner (Peter) hat eine Schwester (Erna), ich (Jutta) habe einen Bruder (Walter), und dann sind da noch unsere beiden Kinder (Oliver und Bettina). Drei erwachsene Geschwisterpaare.

Was war deine erste Erinnerung an deine Schwester, deinen Bruder?, will ich sie fragen. Was ist deine schönste Erinnerung? Und was deine traurigste? Und wie beurteilst du jetzt dein Verhältnis zu deinem Bruder, deiner Schwester?

Weil es am einfachsten ist, befrage ich zunächst mich selbst.

Glückskeks Nr. 1

Phantasie ist wichtiger als Wissen

(Jutta)

Mein Bruder (Walter) hat einen Glückskeks verschluckt. Ihr kennt diese chinesischen Dinger, kleine polsterartige Kekse, in denen papierene Sprüche verborgen sind, man beißt sie auf, dann holt man das schmale Papier heraus und liest den Spruch. In meinem allerersten Glückskeks, den ich jemals in meinem Leben gegessen habe, stand: *Phantasie ist wichtiger als Wissen,* ein sehr tröstlicher Spruch, da ich erstens Autorin bin und zweitens auf dem besten Weg zur Alzheimerpatientin.

Wir waren in San Francisco, waren stundenlang durch die steilen Straßen der Stadt gegangen, hatten die blumengeschmückte Lombard Street gesucht und nicht gefunden, mein Bruder war nahe am Zusammenbrechen nach diesem ewiglangen Marsch, oder zumindest tat er so, schließlich landeten wir im Golden Gate Park, in einem japanischen Teehaus, wo es chinesische Glückskekse gab. Mein Bruder warf sich den Glückskeks in den Mund und schluckte ihn mitsamt dem papierenen Spruch. Meine (erwachsenen) Kinder und ich mussten hellauf lachen, wir zeigten ihm, wie man einen Glückskeks richtig isst, und mein Bruder sagte treuherzig: Ich hab's ja nicht gewusst. Ich kaufte ihm daraufhin einen ganzen Sack voller Glückskekse. Er kann sie brauchen.

Gleich bei unserer Ankunft in New York versetzte er mir einen leichten Schrecken. Wir hatten eben das Hotelzimmer bezogen, ich ging kurz unter die Dusche, und als ich herauskam, war mein Bruder nicht mehr da. Ich rief im Zimmer meiner Kinder an, ob er denn bei ihnen sei, was sie verneinten. Ich sagte, macht keine blöden Witze, ich bin viel zu müde für blöde Witze, aber sie sagten, er sei wirklich nicht da. Ich geriet in Panik, suchte ihn und fand ihn schließlich in der Hotelbar, in eine dicke Rauchwolke gehüllt, vor sich eine Tasse Kaffee.

Du kannst doch nicht einfach verschwinden, sagte ich zu ihm, ich hab dich überall gesucht. Er schaute mich an, als sei ich vom Himmel gefallen. Warum ich ihn überall gesucht hatte, war ihm absolut unverständlich, denn der einzige Platz, wo man in einem Hotel sein konnte, wenn man sich nicht grad im Zimmer befand, war doch schließlich die Hotelbar. Plötzlich überkam mich ein großes Glücksgefühl, wie er da saß, vor sich die Tasse Kaffee, die er ohne fremde Hilfe bestellt und bezahlt hatte, ich war so stolz auf ihn, dass er das geschafft hatte, wogegen er zu Hause, in dem Gasthaus, in das wir sehr oft gehen, immer noch Mühe hat, sich verständlich zu machen.

Die gemeinsame Amerikareise ist vielleicht meine schönste Erinnerung an meinen Bruder. Aber es gibt deren noch viel mehr. Wie er nach einem Tagesausflug nach Ungarn zu mir sagte: Das war ein schönes Abenteuer, und ich mich wunderte, wieso er das Wort Abenteuer überhaupt kannte.

Oder wie er mich fragte, ob das Pferd, auf dem ich als Kind immer geritten war, noch lebe. Ich selbst hatte mich das nie gefragt, ich hatte dreißig Jahre lang nicht mehr an dieses Pferd gedacht. Ja, ich hatte nicht einmal gewusst, dass mein Bruder damals überhaupt mitgekriegt hatte, dass ich reiten ging.

Oder wie er mir nach einem Streit in seiner krakeligen Schrift einen Entschuldigungsbrief schrieb: *Du ganz liebe Jutta, nicht böse sein …*, wobei die Formulierung »ganz liebe Jutta« just zu jenem Zeitpunkt eine maßlose Übertreibung war.

Meine erste Erinnerung an meinen Bruder: Ich sah ihn durch die Glasscheibe der Kinderklinik Glanzing, ganz kurz nur, eine Minute, länger wurde mir das von der Stationsschwester nicht erlaubt, ich war traurig, der kurze Blick hatte nicht genügt, ich hätte ihn lange, lange anschauen wollen.

Meine schmerzlichste Erinnerung: der Tag, an dem ich erfuhr, dass mein Bruder behindert war und es sein ganzes Leben lang bleiben würde.

Glückskeks Nr. 2

Verantwortung ist nicht immer eine süße Last

(Peter)

Ich glaube, ich kann mich selber gar nicht wirklich erinnern, aber meine Schwester hat es mir so oft erzählt, dass ich nun schon selbst glaube, eine Erinnerung zu haben. Ich war da vielleicht drei oder vier, sie 15 oder 16. Sie sollte mit mir einen schönen Tag im Prater verbringen, das hatten die Eltern ihr aufgetragen und das ging auch gut, solange das Geld reichte. Ich wollte mit allem fahren, was es nur gab: Ringelspiel, Schaukel, Autodrom, Grottenbahn, Geisterbahn, Ponydrom, Rutsche, Hochschaubahn, und dann das Ganze noch mal von vorn. Schließlich war das Geld aufgebraucht, verfahren, verflogen, verrutscht. Meine Schwester wollte mich vom Eingang der Hochschaubahn wegzerren, aber ich klammerte mich an das Geländer und schrie, so laut ich konnte: Ich will nicht weggehen, ich will nicht, ich will nicht, ich will fahren! Meiner Schwester, damals eher still und angepasst, war das alles hochnotpeinlich und sie wurde erst durch die Ankunft der Eltern, die uns abholten, erlöst. Selbst heute noch sagt sie, sie sei mit der Verantwortung für mich sehr oft sehr überfordert gewesen.

Vierzig Jahre später bat sie mich, mit ihr auf den Burgstallberg zu gehen. Das ist der Hausberg in unserem Geburtsort. Das heißt, Hausberg ist mehr als übertrieben, es ist bestenfalls ein Haushügel, aber meine Schwester bereitete sich auf dieses Ereignis vor wie auf eine Besteigung des K2. Sie überlegte, ob das Wetter und alle anderen Umstände auch günstig seien, und schließlich hatten wir den passenden Tag gefunden, einen Sonntag im beginnenden Sommer (Temperatur: nicht zu heiß, nicht zu kalt; Sonne: nicht zu stark, Regen: keiner). Allein wäre ich in einer Stunde am höchsten Punkt des Burgstallbergs gewesen. Mit ihr brauchte ich die dreifache Zeit, sie blieb immer wieder stehen um zu verschnaufen, sie schwelgte in Kindheitserinnerungen, sie gab ihrer Freude über diese Wanderung lauten Ausdruck, und am Ende des Tages, als wir bei ihr zu Hause saßen und Tee tranken, sagte sie, das sei seit langer Zeit ihr schönster Tag gewesen. Ich freute mich und gleichzeitig tat sie mir ein wenig Leid. Aber durch ihre Freude war es eigentlich auch für mich mein schönstes Erlebnis mit ihr.

Was mir an ihr nicht gefällt? Dass sie mich zeitweise immer noch wie ein kleines Kind behandelt, das keine Meinung haben darf, dass sie sich nicht scheut, mich jederzeit zu unterbrechen und zurechtzuweisen, und so bin ich manchmal immer noch der kleine dumme Bruder.

Nun ja, aber wenn man dann mit der um 12 Jahre älteren Schwester (Erna) spricht, die immer auf den kleinen Peter aufpassen musste, und hört, dass er sich im Alter von zwei Jahren im Plumpsklo einschloss und sie, die Schwester, Angst hatte, er würde in die Jauchengrube fallen und darin ersticken, versteht man vielleicht, warum.

Glückskekse Nr. 3 und 4
Du hast einen guten Reisebegleiter
Eifersucht ist dir fremd
(Oliver)

Meine Schwester war ein sehr lebhaftes Baby, ein bisschen pummelig, so richtig zum Abknuddeln. Wir haben uns immer gut verstanden, und unser ganzes bisheriges Leben ist sehr harmonisch verlaufen.

Mein schönstes Erlebnis mit ihr – unsere Radtour durch die Bretagne. Wir sind mit dem Zug zunächst nach Paris und dann weiter nach Brest gefahren, unsere Räder waren noch nicht dort, aber wir waren trotzdem guter Dinge, wir haben uns die erste Nacht im Park um die Ohren geschlagen und sind am Morgen in die Bäckerei gegangen, die als erste am Platz aufgesperrt hat, nicht nur um etwas zu essen, sondern vor allem um uns aufzuwärmen. Wir tranken Café au Lait und aßen fette

Croissants. Und der Bäcker hatte auch Glückskekse und wir kauften welche. In dem ersten stand: *Du hast einen guten Reisebegleiter.* Und in dem zweiten: *Eifersucht ist dir fremd.*

Ich hatte eine gute Reisebegleiterin, Bettina, die ja im Radfahren nicht so geübt war wie ich, hielt tapfer mit, und ich war während der ganzen Reise sehr stolz auf sie.

Besonders stolz aber war ich auf sie, als sie das Studium abgeschlossen hatte und die Sponsion feierte. Und auch, als sie beim ORF angestellt wurde. Ich freu mich immer, wenn ich sie im Fernsehen sehe oder wenn sie einen Beitrag gemacht hat. Aber ich war nie eifersüchtig auf sie, ich lebe mein Leben und sie lebt ihres.

Meine erste konkrete Erinnerung an meine Schwester: Mama kam am Tag des heiligen Nikolaus vom Krankenhaus nach Hause, mit dem Baby auf dem Arm, legte Bettina ins Gitterbett, und ich, mit einer riesigen selbst gebastelten Nikolausmütze auf dem Kopf, stellte mich neben das Bett und war von dort die nächsten Stunden nicht mehr wegzubringen. Mit Hingabe betrachtete ich meine kleine Schwester, steckte ihr den Schnuller in den Mund, sie spuckte ihn alle paar Sekunden wieder aus, und ich steckte ihr ihn wieder in den Mund. Hunderte Male, so schien es mir. Die Nikolausmütze muss Bettina irgendwie geprägt haben, nicht umsonst heißt ihr Lebenspartner Klaus.

Glückskeks Nr. 5
Da ist jemand, auf den du dich immer verlassen kannst
(Bettina)

Meine erste Erinnerung – Oliver und ich im Stockbett, ich oben, er unten, ein unendliches Gefühl der Geborgenheit, und das Lustige, er ist immer als Erster eingeschlafen und ich habe ihn – na ja, nicht schnarchen, sagen wir – gut durchatmen gehört.

Was für mich das Wichtigste war, was es ausmacht, einen Bruder zu haben: das Gefühl, wir gehören zusammen – und das hält von allen Beziehungen am besten. Wir zwei gegen den Rest der Welt, gegen die Eltern, das kleinste gemeinsame Vielfache.

Als ich mit 16 Jahren zu rauchen begonnen habe, wusste ich, Oliver würde mich niemals verraten. Dieses Bedingungslos-vertrauen-Können, ich war sicher, was immer auch passieren würde, Oliver wäre für mich da und würde mich retten.

Und als er den Führerschein gemacht hat, war ich sehr stolz auf ihn, gleich am selben Tag fuhren wir zusammen in die nächste Stadt, um dort einen Kaffee zu trinken. Das war sehr aufregend, großer Bruder, große Welt. Und als ich klein war, war ich sowieso der Meinung, dass er alles wusste, und habe ihn damals als Chefwisser bezeichnet.

Das schlimmste Erlebnis: als ich mit ansehen musste, wie mein Bruder blutüberströmt zur Tür hereinkam, weil er gestürzt war und sich am Eisenhaken eines Schaufensters eine tiefe Kopfwunde geschlagen hatte. Sein Kopf und sein T-Shirt waren voller Blut.

(Jutta)

Ich sehe die beiden vor mir, im Krankenhaus, viele Jahre später, Oliver hatte gerade eine schwere Kopfoperation hinter sich und Bettina besuchte ihn, sie setzte sich auf sein Bett, umarmte ihn, hielt ihn fest. Ihr Arm blieb die ganze Zeit auf seiner Schulter. Und während sie da saßen und einander erzählten, kam von ganz tief unten, vom Zwerchfell her das Lachen hoch und es kletterte höher und höher, bis es schließlich in unseren Mündern platzte und sich im Krankenzimmer ausbreitete, und wie Olivers Wangen sich röteten und er – bis auf den Kopfverband – aussah, als wäre er eben aus dem Urlaub gekommen. Ich saß am Fußende des Bettes, schaute auf meine beiden Kinder, auf dieses wundervolle Geschwisterpaar, und es war, als hätte ich einen Sack voller Glückskekse gegessen. Mitsamt dem Papier.

Die zwei bis sieben Samurai

Hermann Stange

»Hmmpff«, machte Bert.

»Hchrrrrmeingott«, machte Gert.

Max machte einen Schritt zurück. Wie zwei Schnappschildkröten sahen seine beiden Brüder aus. Wie zwei dieser eklig großen Schildkröten mit den weit aufgerissenen fiesen kleinen Schnauzen, die er neulich in einem Tierfilm gesehen hatte.

»Du hast sie doch nicht alle an der Waffel«, zischte Bert.

Oder wie zwei Schweine. Zwei runzelige Warzenschweine mit Borsten auf der Schweineschnauze. Die hatte Max auch gerade erst im Fernsehen gesehen. Im gleichen Tierfilm.

»Der macht mich noch krank«, knurrte Gert. »Komm. Wir gehen.«

Max überlegte blitzschnell. Luft anhalten? Brüllen?

Bert nickte. »Genau. Gehen wir.«

Luft anhalten! Max atmete tief ein und presste die Lippen zusammen. Gleich würde sein Kopf knallrot anlaufen und dann vielleicht lila werden oder grün. Vielleicht würde er sogar platzen? Auf jeden Fall sollten diese beiden Tierquäler einen großartigen Schreck kriegen.

»Nun guck dir den an«, grinste Gert.

»Gleich platzt er«, kicherte Bert.

Gert griff zur Türklinke.

Brüllen! »IHR HAUT NICHT AB!«, brüllte Max. »IHR LASST MICH NICHT ALLEIN ZU HAUS!«

»Hmmmpff«, machte Bert.

»Hchrrrmeingott«, machte Gert.

Gert tippte sich an die Schläfe und Bert rollte mit den Augen. Bert riss die Haustür auf und Gert winkte Max noch einmal spöttisch zu. Und weg waren sie.

Max keuchte. So, dachte er. Und was mache ich jetzt? Hinterherlaufen? Hinterher bis zum *Dschungelkeller* und dann auf der Tanzfläche herumkreischen, bis dem DJ die Platte platzt? Puh, dachte Max. Das hatte ja doch keinen Zweck. Dann war er eben allein zu Haus. Basta.

Doch schon wurde es Max mulmig. Niemals würde er das irgendjemandem erzählen – aber Max war überhaupt nicht gern allein zu Haus. Kaum war Max allein zu Haus, wurde ihm ziemlich bange ... Nein, das konnte man keinem erzählen. Aber das mit seinen Brüdern, das würde er erzählen! Sobald ihre Eltern von diesem Wochenendausflug wieder zurück waren, würde er alles erzählen! Haarklein würde er erzählen, wie seine Brüder ihn gefesselt und geknebelt und unters Bett geschoben hatten, bloß um im *Dschungelkeller* Bier oder Schlimmeres zu trinken. Ja, das würde er ... Nein, das würde er lieber auch nicht erzählen. Wer weiß, was diese Schnappschildkröten dann mit ihm anstellten ...

Missmutig stapfte Max in sein Zimmer. Was sollte er jetzt tun? Max gähnte. Eigentlich war er viel zu müde um bange zu sein. Aber wenn er einschlief, würde er vielleicht schlecht träumen und dann war ihm doch wieder bange. Bloß nicht einschlafen! Max gähnte herzzerreißend. Also schön! Dann würde er eben fernsehen. Was sollte man schon tun, wenn die Eltern verreist waren und die eigenen Brüder einen allein zu Hause ließen, um im *Dschungelkeller* Bier oder Schlimmeres zu trinken. Bloß nicht Bange machen lassen.

Max schleppte sich ins Wohnzimmer, warf sich in den Ledersessel vor dem Fernsehapparat und griff nach der Fernbedienung. Klick, klick, klick. Max klickte sich durch die Programme. Da war etwas Japanisches ... Max mochte Mangas. Aber das da war offenbar kein Manga. Der Film war schwarz-weiß und soviel Max wusste, wurden schon seit Jahrhunderten keine Filme mehr in Schwarz-Weiß gedreht. Ein Mann sprang durch ein Reisfeld und schwang ein langes Schwert ... Der Mann schwang das Schwert über seinem Kopf und rollte mit den Augen. Irgendwie ulkig und überhaupt nicht gruselig. Warum war Max dann trotzdem bange?

Über einen Hügel preschten drei Reiter. »Ha!«, schrie der Mann im Reisfeld. Die Reiter ritten in scharfem Tempo auf ihn zu. Na, dachte Max, diese Reiter werden dem Mann doch nichts tun? Aber genau das hatten die Reiter offenbar vor. Sie hielten Lanzen in ihren Händen und mit diesen Lanzen zielten sie direkt auf den Mann im Reisfeld. Der Mann stand still und sah den Reitern ruhig entgegen. Offenbar hatte er überhaupt keine Angst. Beneidenswert, dachte Max. Ihm selbst wurde immer mulmiger. Jetzt war er schon eine halbe Stunde allein in der Wohnung!

Der Mann im Reisfeld hob sein Schwert. »Ha!«, rief

er. Da traten die Reiter ihren Pferden in die Flanken und die Pferde bäumten sich auf. »Ein Samurai!«, schrien die Reiter, und bevor Max so richtig hingucken konnte, waren sie in alle Richtungen auseinander geprescht.

Na so was, dachte Max und er musste so heftig gähnen, dass seine Kieferknochen knackten.

»Mensch, mach den Mund zu«, grunzte es von links.

»Du wirst noch den Fernseher verschlucken«, grunzte es von rechts.

Max fuhr hoch. Die Schnappschildkröten! Links und rechts von ihm standen seine Brüder Gert und Bert. Wo kamen die denn her? Wieso waren die beiden nicht im *Dschungelkeller?* Und wie sahen sie bloß aus!

Gert und Bert steckten in knielangen Pluderhosen, um die Brust hatten sie ein knallbuntes Tuch geschlungen und an den Füßen trugen sie Sandalen. Sandalen, dachte Max. Wieso? Was haben wir denn für ein Wetter? Es ist doch Winter, oder? Aber da war noch etwas anderes und vor Aufregung bekam Max fast einen Schluckauf. In ihren Händen hielten Bert und Gert lange, glänzende Schwerter …

Luft anhalten? Brüllen? Aber Max war nicht nach Luftanhalten und brüllen konnte er schon gar nicht. »W-w-was soll das? Wollt ihr mir Angst machen?«, piepste er.

»Im Gegenteil«, brummte Gert und fuhr mit dem Daumen über die Schneide seines Schwerts. »Wir wollen, dass du keine Angst mehr hast. Wir wollen deinen Hintern retten.«

Hintern retten? Was redete der da? Waren das überhaupt seine Brüder? »Wer seid ihr?«, piepste Max, auch auf die Gefahr hin, dass das eine dumme Frage war.

Aber seine Brüder schienen sich über diese Frage nicht weiter zu wundern. Stattdessen machten sie vor Max eine leichte Verbeugung. »Wir sind«, sagte Bert »die sieben Samurai.«

»Jedenfalls fast«, fügte Gert würdevoll hinzu.

Die sieben Samurai? Natürlich wusste Max, was ein Samurai war. Schließlich hatte er genug Mangas gelesen. Ein Samurai war ein japanischer Krieger, der in der Gegend herumzog und Heldentaten vollbrachte. Aber seit wann vollbrachten seine Brüder Heldentaten? Außerdem: Bis zwei zählen konnte Max schon noch. »Ach?«, sagte Max mit einer Stimme, die bereits wieder wesentlich fester klang. »Sieben Samurai? Ich sehe aber nur zwei von euch sieben.«

Gert und Bert tauschten einen beleidigten Blick.

»Wie du meinst«, sagte Bert. »Dann ziehen wir uns jetzt besser wieder zurück. Hab ruhig weiter Angst.« Gert und Bert verneigten sich noch einmal – und dann waren sie weg. Einfach so. Ohne dass sie durch irgendeine Tür gegangen wären.

Max rieb sich die Augen. Was, bitte schön, war das nun gewesen? Die Schnappschildkröten hatten ihn schon wieder allein gelassen. Und diesmal hatten sie noch nicht einmal die Haustür genommen um zu verschwinden. Und was sollte diese Kostümierung? Und dieses Gerede »Hab ruhig weiter Angst«?

Ph, dachte Max. Ich hab keine Angst. Ich werde einfach weiter fernsehen. Max setzte sich in seinem Sessel zurecht und umklammerte die Lehne. Nur für den Fall, dass ihm doch wieder bange werden würde.

Im Fernsehen lief immer noch der japanische Schwarz-

Weiß-Film. Allerdings rannte der Samurai jetzt nicht mehr durch Reisfelder, sondern hockte im Schneidersitz vor einem prasselnden Feuer. Um das Feuer herum kauerten vier weitere Männer, allesamt so luftig gekleidet wie vorhin Gert und Bert. Und vor jedem der Männer lag ein langes, glänzendes Schwert. Das Feuer flackerte und beschien die Gesichter der Männer.

Na, dachte Max. Das sieht doch mal gemütlich aus.

Plötzlich hob einer der Männer den Kopf und blickte Max direkt in die Augen. »Tja«, sagte er.

»Was denkst du, Kyuozo?«, fragte der Mann aus dem Reisfeld.

Kyuozo schüttelte langsam den Kopf und dabei sah er Max weiter an. »Ich denke«, sagte er »dass es manchmal gut ist, Angst zu haben, und manchmal nicht.«

Alle fünf Männer seufzten. So ist es, schienen sie damit sagen zu wollen.

Meine Güte, dachte Max und staunte. Redeten die etwa von ihm?

Der Mann aus dem Reisfeld fuhr sich mit der Hand über seine schimmernde Glatze. »Was sollen wir also tun? Wir sind bloß fünf«, brummte er.

»Ja, Kambei«, antwortete einer der fünf, der mit seinem Kugelbauch und seinen runden Wangen aussah wie ein frisch geschrubbtes Schweinchen. »Du hast schon Recht, Kambei. Aber die Gefahr rückt immer näher. Langsam wird sogar mir bange und ich bin schließlich ein Samurai.« Bei dem Wort Samurai hieb er mit seinem Schwert ein-, zweimal durch die Luft.

Wieder seufzten alle fünf. Anscheinend wurde auch ihnen langsam bange.

Das ist ja ansteckend, dachte Max und klammerte sich fester an die Sessellehne. Wenn die so weitermachen, dachte er, vergesse ich noch meine mutigen Vorsätze.

Kambei schlug mit der flachen Hand auf den Boden. »Es ist, wie du sagst, Gorobei! Wir können hier nicht einfach untätig herumsitzen. Wir müssen etwas tun!«

Der dicke Samurai nickte heftig und alle Männer seufzten abermals.

»Und dennoch«, murmelte Kyuozo. »Solange wir nicht sieben sind, können wir überhaupt nichts tun. Wir müssen vollzählig sein um der Gefahr begegnen zu können. Die sieben Samurai. So heißen wir schließlich.«

Aha, dachte Max. Die sieben Samurai. Aber die sieben Samurai – so hießen doch schon seine Brüder? Jedenfalls hatten sie sich so genannt.

Da schien die Erde plötzlich sachte zu erbeben und gleichzeitig war ein Geräusch zu hören, als würde von weitem ein Gewitter herangrollen. Im Nu waren die fünf Samurai auf den Beinen.

»Da sind sie!«, rief der dicke Gorobei und umklammerte sein Schwert. »Die wilde Horde!«

»Die grausamste Räuberbande, von der Japan jemals heimgesucht wurde«, zischte Kyuozo. »Alle mit Schwertern und Lanzen bis an die Zähne bewaffnet. Die haben keine Angst vor bloß fünf Samurai!«

Kambei hatte den Kopf erhoben und hielt die Augen geschlossen. Es schien, als ob er angestrengt horchte. »Ja«, sagte er dann. »Es ist genau so, wie wir es befürchtet haben. Sie reiten in die angenommene Richtung.«

Die fünf Samurai sahen sich an. »Genau in Richtung Wiedemannstraße 135«, murmelte Kambei.

Wie bitte? Max saß kerzengerade in seinem Sessel. Wiedemannstraße, das war seine Straße! Und Wiedemannstraße 135, das war seine Hausnummer! Und genau dahin wollte diese fürchterliche Horde? Direkt zu ihm? Er hatte es ja gewusst! Er hatte es genau gewusst – es war überhaupt nicht gut, allein zu Haus zu sein! Ihm schien, als klänge das Donnern der Hufe jetzt lauter und lauter, und wenn er sich nicht sehr täuschte, dann wackelte auch der Fußboden bereits ein wenig.

In Max' Fernseher dröhnte es. Und dann sah er sie in seinem Fernseher ... Das waren mindestens – ach was! Das mussten bestimmt tausend Reiter sein. Eine ungeheure Horde wilder Reiter. Sie preschten auf kleinen, struppigen Pferden dahin und ihre Augen blitzten und sie fletschten die Zähne.

Diese Burschen waren auf Ärger aus, das sah Max auf einen Blick. So etwas kannte er vom Schulhof. Wenn die Clique um Peter Döllmann aus der neunten Klasse Ärger machen wollte, dann hatten sie ebenfalls so ein komisches Flackern im Blick. Dann gab es mindestens Stress, wenn nicht eine Keilerei. Trotzdem – Max hätte einiges darum gegeben, wenn das bloß die Clique um Peter Döllmann gewesen wäre, was da herangedonnert kam ...

Okay, dachte Max. Es hatte gar keinen Sinn, sich irgendetwas vorzumachen. Max war nicht bloß bange. Max hatte Schiss. Und was jetzt?

Die Samurai standen immer noch mit hängenden Köpfen um das Feuer.

Kyuozo hielt sein Schwert mit beiden Händen. »Zwei!«, rief er. »Es fehlen uns nur zwei Samurai. Nur zwei Samurai und wir wären sieben.«

Alle nickten.

»Es ist genau so, wie Kyuozo sagt«, murmelte Kambei.

»Wären wir sieben«, sagte Kyuozo grimmig, »dann könnte keine Macht der Welt gegen uns bestehen. Nicht einmal die wilde Horde. Aber ohne die zwei ...«

»Ob sie noch kommen?«, fragte Kambei.

»Nein«, knurrte Gorobei. »Die zwei sitzen in irgendeinem Keller und trinken Bier oder Schlimmeres ...«

Max schwirrte der Kopf. Zwei – fünf – sieben ... Hieß das, diese großen Krieger konnten nichts für ihn tun, bloß weil sie nicht komplett waren? Da! Wieder dieses Beben! Das ganze Haus Wiedemannstraße 135 ächzte in seinem Fundament, jedenfalls kam es Max so vor. Hastig lief er zum Fenster. Bog die Horde bereits um die Ecke? Max sah die Straße rauf und runter. Autos fuhren hupend darauf, an der Haltestelle gegenüber hielt der 148er-Bus und auf dem Bürgersteig drängelten sich die Fußgänger. Alles ganz normal. Von wilden Reitern war nichts zu sehen. Max schnaufte. Vielleicht hatte er sich das mit dem Beben ja auch nur eingebildet. Trotzdem: Die Meute war unterwegs zu ihm, daran zweifelte er keinen Augenblick.

»Schrecklich«, seufzte Gorobei. »Erinnert ihr euch noch an das letzte Mal? Was sie mit diesem kleinen dicken Jungen angestellt haben?« Es kam keine Antwort.

Max schaute immer noch aus dem Fenster und konnte die Samurai nicht sehen. Wahrscheinlich, dachte er, nicken sie jetzt wieder mit den Köpfen. Und gleich werden sie wieder seufzen. Was um Himmels willen mochten diese Banditen mit dem kleinen dicken Jungen angestellt haben?

Die Samurai seufzten.

»Ja«, sagte Kyuozo, »das war gar nicht schön …«

Max durchlief es heiß und kalt. Er wollte lieber doch nicht wissen, was die Banditen mit dem kleinen dicken Jungen angestellt hatten. Wahrscheinlich war der kleine dicke Junge allein zu Haus gewesen, genau wie Max. Wenn man allein zu Haus war, dann passierten solche Sachen. Aliens krochen unter dem Bett hervor, man konnte durch eine Lücke in der Matrix sonst wohin fallen – oder es kamen eben tausend japanische Reiter herangeprescht, um mit einem Dinge anzustellen, die so unvorstellbar waren, dass nicht einmal Max sie sich vorstellen konnte. Dabei konnte Max sich viel vorstellen.

»Jetzt!«, rief Kyuozo.

Max standen die Haare zu Berge. Wie jetzt? Was jetzt? Waren die Banditen jetzt da? Aber so angestrengt Max auch guckte, er konnte in der Wiedemannstraße keinen einzigen Reiter entdecken. Oder hatten die Banditen etwa den Bus genommen? Der 148er fuhr wieder an und Max starrte auf die Haltestelle – doch an der Haltestelle stand nur eine ältere Dame mit Dackel.

»Ja«, sagte Kyuozo. »Jetzt muss die Bande im Treppenhaus sein.«

Im Treppenhaus? Die Banditen waren schon im Treppenhaus? Aber wieso hatte Max die Bande nicht heran reiten sehen? Vielleicht hatten sie ja doch den Bus genommen … Max schwitzte. Was für eine dumme Situation! Die feindliche Reiterei stand praktisch schon vor seiner Tür und diese fünf Samurai konnten ihm nicht helfen, weil sie bloß fünf waren. Bloß fünf … Und dann kam Max langsam, ganz langsam ein empörender Gedanke. Natürlich ... Max stand da mit offenem Mund. Warum hatte er nicht gleich daran gedacht! Jetzt war Max nicht mehr bange. Jetzt war er wütend. Seine Brüder! Seine Brüder hatten doch gesagt, sie wären Samurai. Aber klar! Seine Brüder waren die zwei Samurai, die fehlten! Typisch! Statt als die sieben Samurai Heldentaten zu vollbringen, hockten diese zwei Samurai im *Dschungelkeller!* Hatten sich mal wieder verdrückt, statt ihrem kleinen Bruder zu helfen. Wenn man sie am dringendsten brauchte ...

Ängstlich spitzte Max die Ohren. Noch war aus dem Treppenhaus nichts zu hören. Vielleicht wusste die Bande ja gar nicht ganz genau, in welchem Stockwerk Max wohnte. Vielleicht kannten sie seinen Nachnamen nicht! Vielleicht studierten die Banditen gerade die Namensschilder und diskutierten darüber, an welcher Tür sie klingeln sollten. Hach! Max biss sich auf die Lippen. Er hatte ja ganz vergessen, dass seine Eltern so begeistert von der Gleichberechtigung waren. Natürlich standen auf ihrem Namensschild die Namen sämtlicher Familienmitglieder. Andreas, Karin, Bert, Gert und Max Schnellschmidt. Alles furchtbar klein geschrieben, damit auch alle aufs Namensschild passten. Wie praktisch für die Bande!

Aber dann kam Max ein ganz anderer Gedanke und gleich atmete er wieder ein wenig ruhiger. Woher wusste er eigentlich so genau, dass die Banditen hinter *ihm* her waren? Wiedemannstraße 135 – da wohnte ja schließlich nicht nur er. Ein Stockwerk über ihm wohnte zum Beispiel Herr Brill. Eigentlich gab es keinen Grund, warum die grässliche Meute nicht vorhaben sollte, Herrn Brill einen Besuch abzustatten. Erstens war auch Herr Brill ständig allein zu Haus. Und zweitens hätte er einen Besuch der wilden Reiter viel eher verdient als Max. Herr Brill war ein guter Freund seiner Eltern, doch das änderte nichts daran, dass er Max furchtbar auf die Nerven ging. Ständig kam er mit klugen Ratschlägen – welchen Film Max unbedingt sehen sollte, welche Musik gerade ganz toll und wichtig wäre. Dabei war Herr Brill für Musik und Filme schon viel zu alt. Herr Brill musste mindestens 35 sein. Ja, wenn die japanischen Banditen sich ein wenig mit Herrn Brill beschäftigen würden, dann hätte Max für eine kleine Weile seine Ruhe.

Max horchte. Noch immer keine klappernden Hufe im Treppenhaus. Vielleicht machte die Bande ja erst einmal Rast, nach dem langen Ritt, und briet sich im Treppenhaus ein paar Würstchen. Ha! Ein offenes Feuer im Treppenhaus, das würde die alte Pollmann furchtbar ärgern. Die alte Pollmann war die Hausmeisterin in der Wiedemannstraße 135, und wenn Max im Treppenhaus auch nur hustete, streckte sie schon wütend den Kopf aus ihrer Haustür. Bei tausend Banditen würde sie ihre Haustür aber wohl lieber zulassen.

Ach nein, dachte Max. Japaner essen ja gar keine Würstchen, sondern Sushi. Und soviel Max wusste, wurden Sushi nie gebraten. Trotzdem – wenn tausend Banditen ihre Sushi-Pakete auspackten, musste er in seiner Wohnung doch irgendetwas davon hören. Zumindest irgendein Papierknistern … Ob er vielleicht kurz nachgucken sollte? Er brauchte die Tür ja nur einen kleinen Spaltbreit zu öffnen …

Lieber nicht. Nachher brachte er die Meute nur auf

dumme Gedanken und die Banditen verpassten die Tür von Herrn Brill. Denn dass die Banditen vorhatten, Herrn Brill zu besuchen, davon war Max inzwischen fest überzeugt.

Leider hatte Max sich geirrt. Die Banditen wollten nicht zu Herrn Brill.

RRRUMMMMSSS!!!!!!!

Die Banditen hatten sich nicht lange mit dem Klingelschild abgegeben. Sie klopften auch nicht an. Türen beeindruckten sie offenbar nicht im Geringsten. Sie ritten Türen einfach über den Haufen. Krachend war die Wohnungstür in den Flur gefallen.

Max standen sämtliche Haare steil zu Berge! So etwas hatte er noch nicht einmal im Kino gesehen ... Mitten im Flur tänzelte ein Pferd. Es schnaubte und wieherte und es blähte die Nüstern. Im Sattel saß ein Mann in einer Rüstung aus Leder, seine Augen blitzten und er fletschte die Zähne ...

Hilfe!, dachte Max, Hilfe!

Der Reiter zerrte am Zügel und sein Pferd bäumte sich auf.

Max starrte auf die zwei Hufe über seinem Kopf.

Dann kam das Pferd wieder zum Stehen und der Reiter zog langsam sein Schwert ...

So, dachte Max. Adieu, liebe Wiedemannstraße 135. Adieu, liebe Eltern. Adieu, liebe Brüder. Adieu, liebe – Aber bevor ihm noch einfallen konnte, wem er noch alles Adieu sagen musste, hörte er wieder die Stimme von Kyuozo. Kyuozo schien ziemlich aufgeregt zu sein.

»Ha!«, rief Kyuozo. »Sie kommen! Da kommen sie doch noch!«

Wer kommt denn jetzt noch, dachte Max in seiner Panik, während der Reiter ganz langsam mit seinem Schwert zum Hieb ausholte.

»Hurra!«, riefen alle fünf Samurai. »Wir sind die sieben Samurai!«

Nein, konnte Max gerade noch denken. Das stimmt doch gar nicht! Ihr könnt doch alle nicht rechnen! Ihr seid fünf ... Oder zwei ... Und dann wurde es dunkel um Max. Und gleich darauf wieder hell.

Verwirrt schüttelte Max den Kopf. Was war denn jetzt schon wieder? Was war geschehen? Er lag in seinem Sessel und der Fernseher vor ihm war schwarz. Da waren keine Samurai mehr, nicht einmal bloß fünf. Irgendjemand musste den Fernseher ausgeschaltet haben ... Max fuhr hoch. Wo waren die wilden Reiter? Im Flur war kein Pferd mehr zu sehen und die Haustür hing wieder in den Angeln, wie es sich für eine Haustür gehörte. Hastig sah Max sich um. In der Wohnung war niemand. Nur Gert und Bert ...

Gert und Bert! Seine Brüder! Wieso waren die hier? Aber gleich fiel es Max wieder ein. Die zwei Samurai! Die zwei Samurai waren doch noch gekommen! Seine Brüder waren gekommen und hatten ihn vor der wilden Horde gerettet!

Gert und Bert standen mit verschränkten Armen vor Max und starrten ihn an.

»Kaum geht man mal weg«, knurrte Gert, »guckt dieser Zwerg bis in die Puppen Glotze.«

»Japanische Filme«, knurrte Bert. »Auch noch in Schwarz-Weiß. Kein Wunder, dass er eingeschlafen ist.«

Max sah von Gert zu Bert und von Bert zu Gert.

Irgendwie sahen seine Brüder gar nicht mehr aus wie Schnappschildkröten. Oder wie zwei Warzenschweine. Allerdings auch nicht wie sieben Samurai.

Puh, dachte Max. Keine wilde Horde mehr. Keine Banditen im Treppenhaus. Ich bin noch mal davongekommen ... Und dann grinste er von einem Ohr zum anderen. »Gert!«, sagte Max. »Bert! Wisst ihr was: Ihr wart fantastisch! Ihr habt mir den Hintern gerettet!«

Gert und Bert standen mit offenem Mund da.

»Doch«, sagte Max. »Ihr seid toll. Lasst euch umarmen!«

Bert und Gert fuhren zurück.

Na ja, dachte Max. Jetzt mach ich doch lieber mal, dass ich ins Bett komme ... Er rappelte sich aus dem Sessel hoch, winkte seinen Brüdern noch einmal zu und schon war er in seinem Zimmer verschwunden.

Gert und Bert sahen sich lange an. Dann schüttelten sie den Kopf.

»Hmmpff«, machte Bert.

»Hchrrrmeingott«, machte Gert ...

Es gibt Schlimmeres

Carolin Philipps

Ich hab mir meine Schwester nicht ausgesucht. Damit das von Anfang an klar ist. Und wenn es auch nur die geringste Chance gegeben hätte, sie umzutauschen, dann hätte ich das längst gemacht.

Wenn sich Freunde streiten, kann man immer sagen: »Hey Leute, vertragt euch wieder. Schließlich seid ihr hier freiwillig zusammen.«

Selbst meine Eltern, die sich oft in die Haare kriegen, hat niemand gezwungen zu heiraten.

Aber ich muss mit meiner Schwester zusammen sein, ohne dass ich jemals gefragt wurde.

»Nun zankt euch doch nicht schon wieder!«, schimpft meine Mutter zigmal täglich. »Wir sind doch eine Familie.«

War das aber meine Idee? Als ich zwei Jahre alt war, haben sie mir erklärt, dass ich ein Geschwisterchen bekommen würde, was dann schließlich ein Schwesterchen wurde. Ich hatte wohl mehr an so eine Art Teddy gedacht.

Jedenfalls war ich von Anfang an nicht sehr begeistert. Und je größer meine Schwester wurde und je begeisterter vor allem mein Vater jeden Schritt von ihr bejubelte, umso mehr wünschte ich mir, ich hätte dieses Geschwisterchen nie bekommen.

Familie ist ja in Ordnung, aber wenn schon Schwester, dann hätte ich lieber so eine wie Saskia gehabt, die in Tanjas Klasse geht. Die ist wenigstens nicht so zickig und heult nicht sofort herum, wenn man sie ärgert.

Tanja, meine Schwester, ist mehr so was Zartes, eben so typisch Mädchen. Sie ist jetzt 13, aber meine Eltern, vor allem mein Vater, packen sie immer noch in Watte, damit ihr bloß nichts passiert. Sie ist seine Prinzessin und er hat Angst vor jedem Windstoß, der sie umstoßen könnte.

Und von mir verlangt er, dass ich sie überall beschütze. »Wie der Bodyguard bei Whitney Houston«, hat er gesagt, wahrscheinlich, damit ich mehr Freude an der Aufgabe habe.

»Aber verlieben muss ich mich nicht in sie, oder? Wie der echte Bodyguard?«

Mein Vater fand das gar nicht komisch. Er hat mich angeschrien, dass heutzutage so viel Schlimmes mit kleinen Mädchen passieren würde und man sie nicht aus den Augen lassen dürfte.

Eine halbe Stunde hat der Vortrag über die Verantwortung des älteren Bruders gedauert, lange genug, dass ich die Simpsons verpasst habe. Und als Tanja dann ins Zimmer kam und mit unschuldigen Augen fragte: »Hattest du heute keine Lust auf die Simpsons?«, hätte ich sie beinahe verprügelt. Aber dann hätte ich das HSV-Spiel gegen die Bayern am nächsten Wochenende vergessen können, denn mein Vater weiß genau, womit er mich treffen kann, wenn er auch sonst nicht viel über mich weiß.

Mein Vater ist beruflich viel unterwegs, aber wenn er mal da ist, dann nimmt er das Vatersein sehr ernst. Dann darf meine Mutter nur gesunde Sachen kochen, wir müssen unsere Hausaufgaben vorzeigen und dürfen nur solche Freunde treffen, die er kennt und gut findet. Und das sind meist nicht die mit den coolen Computerspielen, sondern die, die ihren Computer nur zum Arbeiten benutzen.

»Sei nicht so streng mit deinem Vater«, sagt meine Mutter immer, wenn ich mich über ihn beschwere. »Er möchte doch, wenn er da ist, auch mitmischen.«

Mitmischen ist in Ordnung, aber er bringt alles durcheinander mit seinen Regeln.

Dass Tanja viel seltener bestraft wird, liegt nur zum Teil daran, dass sie seine Prinzessin ist und sich viel mehr leisten kann. Es gelingt ihr einfach auch viel besser als mir, das brave Kind zu spielen. Theaterspielen kann sie.

Fernsehen dürfen wir nur, wenn Vater die Sendungen gesehen hat. Den Humor der Simpsons versteht er zwar nicht, hält ihn aber zum Glück auch nicht für jugendgefährdend.

Ob die Folge der Simpsons, die ich verpasst habe, wirklich so toll war oder ob Tanja mich nur ärgern wollte, das lässt sich nicht mit Sicherheit sagen. Jedenfalls erzählte sie beim Abendessen lang und breit, was Bart gesagt und Lisa erwidert habe. Am Ende fand ich die Simpsons nur noch zum Kotzen.

Mein Vater dagegen hörte Tanja interessiert zu, als würde sie über seine Lieblingssendung sprechen. Er war mal wieder sehr stolz auf seine Tochter, die eine Fernsehsendung so wortgetreu wiedergeben konnte. Was für ein Gedächtnis! Und diese sprachliche Genauigkeit!

»Na ja, du hast ja auch eine Eins in Deutsch!« Der Blick auf mich sagte dagegen: »Und du nur eine Vier.«

Dass Tanja dafür eine Vier in Sport hatte und ich eine Eins, zählte nicht viel, weil mein Vater eher der unsportliche Typ ist und sich nicht mal die Sportschau im Fernsehen ansieht. Dafür geht er lieber in die Oper, und da Tanja zugegebenermaßen ganz gut Klavier spielt, passen sie auch auf dem Gebiet der Musik gut zusammen.

Von meiner Mutter war an diesem Tag keine Unterstützung zu erwarten. Sie hatte Stress im Büro gehabt und an solchen Abenden ist sie nur darauf bedacht, dass in der Familie alles harmonisch und ohne Streit abläuft.

Ich war ein paar Mal kurz davor, Tanja zu sagen, dass sie ihr »Maul« halten solle, aber mein Vater legt großen Wert darauf, dass wir keine Schimpfwörter benutzen, vor allem während der gemeinsamen Mahlzeiten, und er bestraft jeden Verstoß unnachgiebig.

Obwohl er so häufig abwesend ist, trifft er uns doch mit seinen Strafen meist da, wo es am meisten wehtut, wobei seine Prinzessin immer besser wegkommt als ich.

Wenn ich so ausführlich das Gespräch an mich gerissen hätte wie sie, und das über eine Sendung, die Vater nur gerade so toleriert, hätte er mich spätestens nach fünf Minuten mit den Worten abgewürgt: »Ich glaube nicht, dass das Thema für alle so interessant ist wie für dich.«

Manchmal denke ich, blonde lange Haare müsste man haben und große blaue Augen wie meine Schwester. Als Mädchen hat man von vornherein Vorteile, und warum die das schwache Geschlecht sein sollen, habe ich noch nicht herausgefunden.

Den Abend überstand ich ohne weitere Strafpredigt und auch in den nächsten Tagen gab ich mir alle Mühe, mich unauffällig zu verhalten. Ich hatte Karten für das HSV-Spiel und wollte mit ein paar Freunden hingehen. Auf keinen Fall sollte noch etwas dazwischenkommen.

Mein Vater aber hatte ausgerechnet jetzt ein paar Tage Urlaub und fragte uns schon mittags nach unseren Schulerlebnissen, als kämen wir gerade aus einem Freizeitpark.

Die Vier in Physik konnte ich gerade noch verschweigen, und was die Englischarbeit betraf, so war ich dabei, unseren Lehrer zu überzeugen, dass er sich mit der Korrektur viel Zeit lassen könne, mindestens bis nach dem Spiel. Ich hatte die Arbeit vollkommen vergessen gehabt und war nicht gut vorbereitet gewesen. Bei einer Fünf würde ich mir das Spiel nicht mal im Fernsehen ansehen dürfen.

Ich sehnte den Samstag herbei, es lief gut für mich, obwohl es sehr anstrengend war, immer aufzupassen, was man in Gegenwart meines Vaters sagte und machte.

Und dann ging doch noch alles schief. Ich kann mich nicht daran erinnern, dass mein Vater jemals auf dem Markt zum Einkaufen gewesen wäre. Und ausgerechnet am Donnerstagmorgen vor dem Spiel begleitete er meine Mutter und wen trafen sie dort? Herrn Berends, der sich in einer Freistunde schnell einen Apfel kaufen wollte. Und so erfuhren meine Eltern noch vor mir von meiner Fünf in Englisch.

Beim Mittagessen verkündete Vater meinen Hausarrest. Das ganze Wochenende wollte er mit mir englische Redensarten üben. Durch seine langen Auslandsaufenthalte war er in Englisch perfekt geworden.

Diese Aussicht hätte auch an jedem anderen Wochenende ausgereicht, mir die Tränen in die Augen zu treiben, aber väterliche Nachhilfe statt HSV-Spiel, das toppte alles.

Ich sah das tobende Stadion vor mir, den HSV mit drei Toren in Führung – und ich? Ich übte unter den wachsamen Augen meines Vaters, wie ich mich fehlerlos auf Englisch um einen Job bewerben konnte.

Dann aber kam Hilfe von ganz unerwarteter Seite.

»Du gehst zum HSV-Spiel? Gegen die Bayern?«, fragte meine Schwester und verdrehte ihre blauen Augen so ungläubig, als würde ich zum ersten Mal zu einem Fußballspiel gehen.

»Er wollte gehen!«, verbesserte mein Vater.

»Oh, wie schade. Ich wollte auch hin. Ich dachte, Carsten nimmt mich mit.«

Träum weiter!, wollte ich schon rufen, verschluckte mich aber an einem Stück Käse und musste husten, was sich als Wink des Schicksals erwies.

»Ich wollte so gerne mit!«, jammerte meine Schwester zu unser aller Überraschung. »Dieser Bayernstürmer Roque Santa Cruz ist total süß. Bitte, Vati, kann Carsten nicht doch …«

»Auf gar keinen Fall! Erst wenn die nächste Arbeit eine Zwei wird. Und das kann dauern.«

Das sah ich genauso und war gerade dabei, die ganze Saison abzuschreiben.

»Kommst du dann wenigstens mit, Vati? Bitte!«

Wenn ich nicht so todtraurig gewesen wäre, hätte ich gelacht, denn so entsetzt hatte mein Vater nicht mal bei meiner Fünf geguckt. »Ich zum Fußballspiel? Ne, bei aller Liebe, das kannst du vergessen!«

Tanjas Augen schwammen in Tränen, und was ich nie geschafft hätte, selbst wenn ich in meinem Tränenwasser ertrunken wäre, schaffte Tanja mit ein paar Tropfen.

Ich wollte schon sagen: »Dumme Kuh, wenn hier einer Grund zum Weinen hat, dann ich.« Aber ich schluckte die Worte runter, wollte es nicht noch schlimmer machen. Und das war mein Glück.

Mein Vater seufzte tief auf. »Also gut, wenn es dir so viel bedeutet. Und du, Carsten, dass du mir gut auf deine Schwester aufpasst.«

Noch leicht schluchzend umarmte Tanja ihn und zwinkerte mir dabei zu.

Ich konnte es kaum fassen. Jetzt hatte ich es ausgerechnet meiner Schwester zu verdanken, dass ich zum Fußballspiel gehen konnte. Dafür hätte ich auf alles aufgepasst, Schlangen, Spinnen, Mäuse und kleine Schwestern.

Auch das Problem mit der Karte löste sich wie von selbst. Mein Freund Peter hatte ebenfalls eine Fünf geschrieben und durfte nicht gehen. Er hatte keine Schwester und so beneidete er mich um meine, was ich dann aber doch etwas übertrieben fand. Schließlich zahlte sich der ganze Stress, den ich sonst mit ihr hatte, zum ersten Mal aus.

Bei aller Freude sah ich dem Samstag mit leichter Unruhe entgegen. Meine Schwester hatte sich noch nie für Fußball interessiert und wann sie mir freiwillig den letzten Gefallen getan hatte, daran konnte ich mich erst recht nicht erinnern.

Als wir dann losziehen wollten, ich in alten Jeans und HSV-Trikot, Schal um den Hals, traf mich fast der Schlag, als ich sie sah. Aufgebrezelt, als wollte sie in die Disco.

»Die Jungs im Stadion wollen nur Tore sehen!«, sagte ich.

Sie nahm meinen Arm und zog mich aus dem Haus. »Nun mach schon. Wenn Vater mich so sieht, darf ich nicht mit. Und du kannst dann auch hier bleiben.«

Wir waren selten einer Meinung, aber in diesem Punkt hatte sie Recht.

Als wir am Stadion ankamen, stellte sich noch am Kassenhäuschen heraus, dass sie keinesfalls für den Bayernstürmer schwärmte, sondern für einen Jungen aus ihrer Klasse, für den Santa Cruz der größte Fußballspieler aller Zeiten war, weshalb er auch nur T-Shirts mit seinem Namen trug.

Sie meinte, das käme aufs Gleiche heraus, und schon war es aus mit unserer Einigkeit.

Zum Glück saß er in der Bayernkurve und Tanja musste sich darauf beschränken, ihm zuzuwinken, was sie auch sehr ausführlich tat. Sie glaubte fest daran, dass er sie unter den Tausenden winkender Fans bemerkte und zurückwinkte, und ich ließ sie in dem Glauben. Schließlich hatte sie ein wenig Großzügigkeit verdient.

Für Tanja war das Spiel nur wichtig, weil es eine Pause mittendrin gab, wo sie sich mit ihrem Schwarm treffen konnte. Ständig sah sie auf die Uhr, was nicht nur mich nervös machte, denn die Zeit verrann und kein Tor fiel.

Als sie dann auch noch jubelte, als die Bayern das erste Tor schossen und ich meine Nachbarn nur mit Mühe davon abhalten konnte, ihr eins auf die Nase zu hauen, sehnte auch ich den Halbzeitpfiff herbei.

Für die zweite Halbzeit schmuggelte ihr Schwarm sie in die Bayernkurve, sodass ich das Spiel von da an genießen konnte.

Als der HSV auch noch 2:1 gewann, fing ich an meine Schwester ein wenig zu mögen. Es gibt Schlimmeres im Leben und ohne sie hätte ich jetzt zu Hause wunde Finger vom Schreiben.

Insgesamt gesehen ist sie immer noch eine Nervensäge, aber wenn ich sie schon nicht auf Dauer loswerden kann, sollte ich versuchen sie stärker in meine Pläne einzubauen. Die nächsten Heimspiele vom HSV sind jedenfalls gesichert, egal, welche Noten ich schreibe. Tanjas Schwarm geht zu jedem Fußballspiel, immer in die Gästekurve.

Eigentlich mag ich Leute, die gegen den HSV jubeln, gar nicht, aber in diesem Fall begrüße ich es sogar. Und Tanja besorge ich das nächste Mal gleich eine Karte für die Gästekurve. Das wird sie sicher glücklich machen und ich kann bereits die erste Halbzeit genießen.

Schließlich sind wir Geschwister und die müssen in jeder Lebenslage zusammenhalten. Sagt mein Vater immer. Es ist nur gut, dass er nicht weiß, wie Recht er damit hat.

Ostergewitter

Jonas Torsten Krüger

Jan stapfte den Waldhang hinauf und zerrte die kleine Dreckschleuder hinter sich her. Wie er Micha hasste. Wie er Ostern hasste. Wie er diese tödliche Kombination aus kleinem Bruder und bunt bemalten Eiern hasste.

»Zum Kojotenjaulen!«, grummelte Jan und grinste schief. Das war neben den Vögeln sein Lieblingshobby: sich Flüche und Schimpfwörter auszudenken. Und wenigstens dazu bot sich heute reichlich Gelegenheit.

Jan zog Micha immer weiter, der klaglos vorwärts stolperte, sich die Bäume anschaute und ihr frisches Grün, wie gerade eben mit Wasserfarben angemalt. Die noch ganz weichen Blätter, so klein und so zart. Auch der Boden war spannend: richtig matschig und voller gelber und weißer Blüten. Und dann das Gezwitscher der Waldvögel: aufgeregt und lustig. Schön.

Jan sah nicht so viel wie sein kleiner Bruder – von den Vögeln mal abgesehen: Er entdeckte eine Tannenmeise und zwei vor sich hinschmetternde Zaunkönige. Bald hatte Jan die Stelle wiedergefunden, wo er heute Morgen die Ostereier versteckt hatte. Er blieb stehen, ging vor Micha in die Hocke und stellte sich vor, der wäre ein Hund. Ein echter Freund sozusagen.

»Such!«, sagte Jan.

Sein kleiner Bruder stolperte los und saute sich natürlich sofort mit Tannennadeln und Blättermatsch ein. Er tastete nämlich mit Fingern und Augen, mit der Nase und sogar den Füßen den Waldboden ab. Quiekte, als er ein alugolden schimmerndes Schokoladenei entdeckte, und bekam glänzende Augen.

»Weiter, los. Hau ab!«, rief Jan. Und möglichst weit weg, dachte er. Am besten immer geradeaus bis zur Chinesischen Mauer. Oder zu den Pyramiden. Australien. Nordpol. Hauptsache weit.

Nachdem Jan die Nervensäge los war, musterte er die einzelnen Bäume und inspizierte den Waldboden. Er schaute nach Gewöllen – nach ausgewürgten Knochen und Federn von Greifvögeln. Womöglich brütete hier irgendwo eine Waldohreule, und so könnte er wie ein Detektiv, der Spuren liest, ihren Nistplatz entdecken. Dann wäre dieser Osterspaziergang wenigstens keine völlige Pleite.

Vielleicht, könnte, wäre. Das klang fast wie seine Eltern, wenn sie ihm etwas versprachen – aber nicht hielten.

Jan musterte den Waldboden und entdeckte – nichts. Nur halb vermoderte Blätter.

Verfluchte Spinatwachteleier!, dachte er. Ich hab wirklich Besseres zu tun als mit diesem Gerade-nicht-mehr-in-die-Windeln-Scheißer durch den Stadtwald zu gondeln.

Micha war das Nesthäkchen der Familie und die Eltern hatten nie Zeit. Das war die Kurzdefinition von Jans Problem. Und heute hatte er sich wieder einmal breitschlagen lassen, den Osterhasen zu spielen. Ohne Eltern natürlich. Nur mit Klein Micha.

Warum hatten sie bloß nie Zeit?, fragte sich Jan. Und kannte natürlich die Antwort, die sie ihm so oft und so dick aufs Brot schmierten wie er sich seine Nougatcreme: Beide mussten arbeiten, mussten Geld ranschaffen für Miete und Essen und Fernseher und Klamotten und – Jans Nougatcreme eben. Blablabla.

Warum hatten sie nie Zeit?

Wieso, weshalb, warum, summte Jan im Kopf, *wer nicht fragt, bleibt dumm.* Manchmal musste er sich sogar die schrottige »Sesamstraße« mit dem Hosenkacker anschauen.

Er seufzte. Das waren eben die Naturgesetze, die drei Grundregeln seines Lebens:

1. Jede Deutscharbeit war eine Fünf.
2. Klein Micha war die Geheimwaffe des Oberschurken gegen den Helden – das Kryptonit, das selbst Superman fertig machte.
3. Seine Eltern hatten nur Zeit fürs Geldverdienen.

Zum triefenden Teufel auch! Zum zottigen Zombie, zum dämlichen Deutschlehrer, zum mistigen Micha eben!

Ja, er liebte es, sich Flüche auszudenken. Das und die Vogelbeobachtung war so ziemlich das Beste an seinem Leben.

Jetzt starrte er durch die Äste zum Himmel, wütend und ohne jede Hoffnung auf eine Waldohreule. Beobachtete, wie die Wolken immer fetter wurden, sich zusammenschoben wie für eine Demonstration.

Micha krabbelte inzwischen auf allen vieren durch

den Dreck, jubelte bei jeder Süßigkeit kurz auf und suchte weiter.

Richtige Gier stand in seinen Augen.

So geht's los, dachte Jan. Erst Süßigkeiten, dann Euros. Mehr und mehr. Haben, haben, haben. Er fand Ostern zum Kotzen. Und Weihnachten. Und Geburtstage. Haben.

Natürlich wollte auch Jan etwas. Mehr Zeit von seinen Eltern zum Beispiel oder einen plötzlichen Kindstod für Micha. Einen fetzigen neuen Fluch, den noch nie ein Mensch zuvor gehört hatte. Und noch etwas ganz Besonderes: eine Feder. Die Schwungfeder eines Eichelhähers.

Immerhin war Jan ein waschechter Vollblut-Orni, ein Ornithologe. Vogelfreak. Seine Federsammlung war schon fünf Ordner dick. Von der Decke in seinem Zimmer baumelten keine Flugzeugmodelle, sondern abgekochte Vogelschädel, die monatelang gestunken hatten und, ehrlich gesagt, auch jetzt noch ziemlich müffelten. An seinen Wänden hingen keine Poster der neuesten Pop-Bands, sondern ganze Flügel von Amseln, Turmfalken und Bussarden.

Jan warf einen kurzen Kontrollblick auf seinen Kotzbruder, der immer noch so glücklich durch Buschwindröschen und Schlüsselblumen torkelte, als gehöre ihm die ganze Welt. So wie Kinder eben torkeln.

Dann ging Jan ein Stück. Die Hände in der Jeans vergraben, die Augen auf dem Waldboden und seine Gedanken in der eigenen Kinderzeit. War er auch so gewesen? Hatte gequiekt und gesabbert vor Freude wegen einem beschissenen Osterhasen aus Vollmilchschokolade?

Wachsam suchte er dabei den Boden ab – Eichelhäher

hüpften schließlich in jedem Park, in jedem Wald durch die Äste, die konnte man wirklich nicht als selten bezeichnen.

Trotzdem suchte Jan jetzt schon seit zwei Jahren nach so einer Feder. Wunderschön mussten die sein. Klein, ja, aber hellblau wie das Meer in den Tropen und glitzernd wie ein Sternenhimmel in tiefster Nacht. Er hatte Zeichnungen und Fotos gesehen, es gab sogar Gedichte über Eichelhäherfedern, weil sie so … so vollkommen waren.

Ich habe einfach kein Glück, dachte Jan. Kein Glück.

Es krachte.

Heilige Mammutpisse, überlegte er. Was war denn das? Erschrocken blickte er nach oben: Über den Baumwipfeln grollte es – ein Gewitter kam. Na wenn schon, dachte Jan. Der Hosenscheißer hat ja wohl seinen Spaß gehabt.

Missmutig schlenderte er weiter, immer auf der Suche nach der ganz bestimmten Feder – hellblau wie ein tropisches Meer und glitzernd wie ein ganz besonderer Sternenhimmel. Aber bei den ersten Regentropfen, die durch die Frühlingsblätter schlüpften, drehte er um.

Und Monster-Micha war weg.

»He, Kleiner, hierher!«, brüllte Jan.

Nichts.

»Los, Insektenknacker, komm zu Herrchen!«

Stille. Nur der Wald wisperte mit unzähligen Regentropfenzungen, die über die Blätter schnalzten.

»Micha!« O Mann, dachte Jan, ich glaub, ich fall vom Balkon. Das war mal wieder typisch. Eine Sekunde allein gelassen, den kleinen Mistkäfer – und schon war der auf und davon gekrabbelt.

Es blitzte. Donnerte.

»Micha?«

Das Regenprasseln wurde lauter – Jan kam es vor, als stürze sich eine Invasion von Millionen Tropfensoldaten auf den Planeten Erde.

»Micha, verdammt noch mal!«

Dreimal versägte Zitronensäure! Seine Eltern würden ihm die Hölle heiß machen, wenn dem Kleinen was passiert war. Zeit hatten sie zwar nie, dafür umso mehr von etwas anderem: wütende Wörter. Vorwürfe. Schimpfkanonaden.

Jan drehte sich im Kreis und schnitzte mit Messerblicken Schneisen in den Wald, während der Regen wie aus einer wild gewordenen Dusche spritzte, auf den Boden einhämmerte. Und auf Jan – sofort war er nass bis auf die Haut. Zum gehängten Klabautermann! Hoffentlich bekam der kleine Säurebrocken eine Lungenentzündung!

»Michaaaaaaa!«, brüllte er wieder und stolperte vorwärts über Äste und Wurzeln.

Wo war das Zwergen-Rindvieh bloß? Schließlich war das ein Stadtforst und kein Urwald. Hier konnte man sich nicht so einfach verlaufen. Und schon gar nicht verirren. Also, zum dämonischen Wasserspeier, wo steckte der Dreikäseklein?

Jan wurde schneller, stapfte durchs Unterholz und schrie sich die Kehle heiser, weil er das Gewitter überbrüllen musste.

Die Fichten und Lärchen knackten im Wind und warfen mit Ästen nach ihm. Der Regen prasselte nicht mehr, er trommelte. Und es wurde immer dunkler. Die

Blitze zischten über den Himmel und das kalte Wasser rann Jan in den Nacken.

»Michaaaaaa!« Verdammt und zugenäht und wieder aufgetrennt und festgelötet!

Jan bekam Angst. Das war kein Spiel mehr. Es blitzte erneut. Der Donner folgte mit der Geschwindigkeit und Lautstärke eines Düsenjets.

Der Regen schlug jetzt fast schmerzhaft auf Jan ein: winzige kleine Faustschläge. Jan hetzte vorwärts und rutschte aus. Schlitterte im braunen Schlamm. Bekam eine Hand voll Regenwasser in den Mund und schluckte. Kalt schmeckte das. Erinnerte ihn daran, wie er als kleiner Knirps fast einmal ertrunken wäre – in einer Pfütze. Damals hatte seine Mutter ihn gerade noch rechtzeitig auf die Beine gerissen.

Damals hatte sie noch Zeit gehabt.

Blitz.

Und Donner.

Das Geratter der Regentropfen auf den Blättern, laut wie von Maschinengewehren. Laut wie die Angstbilder in Jans Kopf: Micha, wie er in diesem Regen ertrinkt. Micha, verängstigt und schreiend am Boden kauernd. Micha, vom Blitz getroffen.

»MICHA!«, brüllte Jan ins Dunkel.

Um ihn herum tobten die Elemente.

Irgendwann gab das Gewitter auf und die Sonne vertrieb sämtliche Wolken. Der Boden dampfte.

Und Micha hockte genau dort, wo Jan ihn verlassen hatte. Noch nicht einmal besonders nass. Er grinste fröhlich.

Jan wollte ihm eine runterhauen, wollte ihn anschreien und kopfüber in den matschigen Waldboden rammen – aber er machte etwas anderes: Nahm die Rotzkeule einfach hoch und drückte sie an sich. Schaute dem Kleinen in die Augen. Sah etwas darin. Keine Gier, wie er gedacht hatte, kein Haben, Haben, Haben. Sondern Lebensfreude. Neugier. Und einen Spiegel.

Während er dort hineinblickte, sah Jan plötzlich, dass er nicht auf Micha zornig war. Nicht sein kleiner Bruder war schuld an dieser Wut in Jans Bauch. An dieser Sehnsucht. Denn Micha ging es ja wie ihm. Auch für Micha hatten sie nie Zeit …

»Wär schon Scheiße«, sagte Jan leise, »wenn ich niemanden mehr zum Anbrüllen hätte, was, Kleiner?«

Micha schaute ihn an. Seine Taschen waren voll gestopft mit Oster-Süßkram, das rechte Händchen schokoladenverschmiert. Die linke Hand öffnete er für Jan.

»Feder!«, sagte Micha.

Klein war sie, ja. Aber hellblau wie das türkisfarbene Meer in den Tropen. Und funkelnd, glitzernd wie der Sternenhimmel in einer tiefen Nacht.

Und über ihnen lachte ein Eichelhäher los.

Weil ich gut bin

Jana Frey

Wie fängt man eine Geschichte an? – Oder, besser gesagt: Wie fängt man eine Geschichte wie diese an? Wann fängt sie an? Und wo? Und was ist alles wichtig?

Dass sich unsere Eltern im letzten Sommer getrennt haben?

Dass unsere Oma eine Zwillingsschwester hat, die sich gerade mit einem irischen Opernsänger aus Dublin verlobt hat, der aussieht wie Fred Astaire?

Dass ich Gedichte schreibe, aber nur in der Badewanne, wenn ich von rosa Rosenschaum aus dem *Bodyshop* umhüllt bin?

Dass auch ich eine Zwillingsschwester habe?

Dass die Freundinnen meiner Schwester mich *Geröllawine* nennen?

Dass ich einen dreibeinigen Kater habe, der Wunschpunsch heißt?

Wahrscheinlich ist alles wichtig, irgendwie ...

Vermutlich ist es auch wichtig, aufzuschreiben, wie merkwürdig ich bin. Also, hier ein paar Dinge, die nur ich tue und sonst keiner:

Ich dichte, wie gesagt, in der Badewanne.

Ich telefoniere oft stundenlang mit Versandhäusern,

einfach nur so. Ich kann alle diese Bestell-Telefonnummern auswendig, die von Quelle, von Neckermann. Und die von Bon Prix. Und noch etliche andere. Dabei bestelle ich nie etwas. Ich lasse mich immer nur beraten, gebe dabei die Kleidermaße meiner Schwester an und tue so, als wäre ich sie.

Ich nehme an einem Fernkursus teil, was niemand wissen darf. Er heißt: *Ich bin toll!* Ich bin einmal zufällig im Internet auf ihn gestoßen, als ich gerade auf der Suche nach einer neuen Diät war. Zwei Wochen lang bin ich um diese Computerseite geschlichen, wie Wunschpunsch morgens um unseren Kühlschrank schleicht, dann habe ich mir eines Tages einen Ruck gegeben und mich eingeloggt. Und jetzt bekomme ich jeden Tag »Ich bin toll!«-Post.

Ich sammele Zwillingsfilme: *Das doppelte Lottchen* und *Ein Zwilling kommt selten allein* und *Charlie und Luise* und *Twins* und solche Filme. Ich schaue sie immer ganz alleine, meistens mitten in der Nacht, wenn ich mal wieder nicht schlafen kann. Und am Ende von jedem Zwillingsfilm muss ich jedes Mal weinen, was niemand wissen darf.

Und ich liebe einen Jungen aus unserer Schule. Er geht in unsere Parallelklasse, in die 8b. Sein Name ist Hauke und er ist der Freund meiner Schwester. Natürlich weiß er nicht, dass ich ihn auch liebe, aber ich rufe ihn so oft wie möglich an, nur um seine Stimme zu hören. Wenn er sich meldet, lege ich immer schnell wieder auf.

Ach ja, mein Name ist Belinda. Meine Zwillingsschwester heißt Amanda. Sie ist sieben Minuten älter als ich und wunderschön. Im Gegensatz zu mir, denn ich bin Belinda, die Gerölllawine.

Seit vielen Tagen war das Wetter schön. Amanda hatte sich ein lila Minikleid gekauft. Sie saß zusammen mit Hauke und ihren beiden besten Freundinnen Mia und Marcella auf unserem Balkon.

Bevor Hauke gekommen war, hatten Amanda, Mia und Marcella Kleider anprobiert und laut Musik gehört und geraucht. Naomi Campbell hatte ihnen Gesellschaft geleistet.

Wunschpunsch, Naomi Campbells kleiner Bruder, hatte sich, wie ich, in meinem stillen Zimmer verkrochen.

Er und Naomi Campbell sind wie Amanda und ich. Naomi ist eine schöne, vergnügte, selbstbewusste Katze und Wunschpunsch, der kurz nach ihr auf die Welt kam, ist klein, scheu und dreibeinig und sein Fell ist grau und strubbelig.

»Wo ist denn die Gerölllawine?«, hörte ich Marcellas Stimme vom Balkon. Früher, vor vielen, vielen Jahren, waren Marcella und Mia auch meine Freundinnen. Damals, als wir noch klein waren. In der ersten und zweiten Klasse, als wir in den Unterrichtspausen auf dem Schulhof *Eins, zwei, drei – Ochs am Berg* und *Herr Fischer, Herr Fischer, welche Fahne weht heut?* gespielt haben.

»Keine Ahnung«, antwortete Amanda und ich sah durch einen Spalt meiner zugezogenen Sternenvorhänge, wie sie einen vagen Blick in Richtung meines Fensters warf.

»Warum nennt ihr sie eigentlich immer Gerölllawine?«, fragte Hauke und seine Stimme klang irritiert. Naomi Campbell war gerade auf seinen Schoß gesprungen.

»Na, weil sie so aussieht«, antwortete Mia prompt. »Mit ihren komischen Klamotten und ihren zotteligen gefärbten Haaren und ihrem massigen Körperumfang. Keiner, wirklich *keiner* läuft so rum wie sie! – Bist du außerdem schon mal in ihrem Zimmer gewesen? Sie sammelt seit Jahren schwarze Steine und komische Wurzelhölzer und verrücktes altes Zeug vom Sperrmüll! Neulich hat sie sogar vom Flohmarkt einen halben, nackten Marmormann angeschleppt, den sie einem schwulen Frisör abgekauft hatte, und in ihr komisches Geröllzimmer gewuchtet ...«

Ich hörte, wie Marcella und Amanda kicherten, und ließ meinen Blick durch mein *komisches Geröllzimmer*, über das sie da draußen gerade spotteten, schweifen. An den Wänden hingen unzählige Lichterketten, ich hatte eine Snoopy-Lichterkette, eine Sonnen-Lichterkette, eine Bananen-Lichterkette, eine Vampir-Lichterkette und eine Drachen-Lichterkette. Außer dem halben, nackten Marmormann besaß ich ein altes Skelett, das ich im letzten Winter pink angemalt hatte, und Wunschpunsch schlief nachts in meinem Thron, einem riesigen alten Korbsessel, den ich mal vor ein paar Jahren mit Unmengen glänzendem Goldlack rundherum angesprüht hatte.

Amandas Zimmer nebenan sah völlig anders aus. Es war zartrosa und aufgeräumt und der einzige Farbtupfer an den sonst kahlen Wänden war ein Poster von Britney

Spears über Amandas Bett. Amanda mochte Britney Spears, nicht nur ihrer Musik wegen, sondern vielmehr, weil alle Leute ihr immer wieder bestätigten, wie ähnlich sie Britney Spears sehe. Einmal, im vergangenen Sommer, als wir gerade aus den Ferien kamen und aus dem Flieger stiegen, sprach uns sogar ein junger Japaner an und bat sie um ein Autogramm, so überzeugt war er, die leibhaftige Britney Spears vor sich zu haben!

In diesem Moment piepte mein Computer. *Sie haben Post!*

Schnell öffnete ich den kleinen Briefumschlag und überflog meine neueste »Ich bin toll!«-Sendung.

»Was magst du an dir? Stell dich vor einen Spiegel und schau, was alles toll an dir ist!«

Ich seufzte und stand langsam auf. An mir war nichts toll, da brauchte ich gar nicht erst in einen Spiegel zu schauen. Trotzdem stellte ich mich ergeben vor meinen alten Spiegel.

Da war ich: kleiner als Amanda, mit dunklen, wirren Haaren, regenpfützengrauen Augen und mit mindestens zehn Kilo mehr auf den Rippen als sie!

Trotzig starrte ich mich an.

Warum bloß war das Leben so ungerecht? Warum, um alles in der Welt, hatte Naomi Campbell seidiges schwarzes Fell und dazu noch vier gesunde Beine? Und warum hatte Wunschpunsch zerzaustes graues Strubbelfell und war dreibeinig und scheu und ängstlich auf die Welt gekommen?

»Ich hasse, hasse, hasse dich«, flüsterte ich meinem Spiegelbild zu. Und ich war mir nicht mal sicher, wen ich damit eigentlich meinte – mich oder Amanda.

Warum waren nicht alle Zwillinge doppelte Lottchen? Warum, warum, warum konnte ich nicht so aussehen wie Amanda?

Alles hätte ich dafür gegeben, sie zu sein.

Ich, in ihrem Körper.

Amanda sieht unserer Mutter ähnlich. Und ich sehe unserem Vater ähnlich. Ich habe seine dunklen, widerspenstigen Haare und seine großen grauen Augen und seine kräftige Statur geerbt. Aber bei ihm sieht das alles gut aus. Sonst hätte er unsere Mutter im letzten Sommer wohl auch nicht wegen einer seiner Studentinnen verlassen können, die fast zwanzig Jahre jünger ist als er!

»Was ist mit dir, mein Kummerkind?«, fragte meine Mutter, als sie ein paar Tage später abends von der Arbeit nach Hause kam. Ich lag ausgestreckt auf dem Sofa und fühlte mich einsam und traurig.

Amanda und Marcella und Naomi Campbell lümmelten gemeinsam auf unserem Sitzsack herum und schauten *Natürlich blond* auf unserem Videorecorder.

»Nichts ...«, murmelte ich und schaute zu Amanda hinüber. In meinem Inneren brannte eine tiefe Wunde von Neid und Verzweiflung. Sie war von einem brennenden Schmerz erfüllt. In der letzten Nacht hatte ich geträumt, dass Amanda tot war, sie war irgendwie einfach gestorben und ich war deswegen überhaupt nicht traurig gewesen. Überhaupt nicht. Erschrocken war ich aufgewacht und hatte meinen Herzschlag im ganzen Körper gespürt.

Meine Mutter machte Abendbrot und Amanda und

Marcella schauten ihren Film zu Ende. Irgendwann hielt ich es nicht mehr aus. Ich schnappte mir das Telefon und schlich in mein dämmriges Zimmer. Hastig tippte ich Haukes Nummer in den Apparat.

»Hallo, Hauke Gavalda?«, sagte Hauke kurz darauf.

Mit klopfendem Herzen und zitternden Fingern unterbrach ich die Verbindung, nur um ein paar Sekunden später die Wiederwahltaste zu drücken.

»Hallo? Was soll das eigentlich immer? Wer ruft denn da dauernd an?«, ertönte Haukes Stimme erneut.

Wieder legte ich auf. Danach nahm Hauke nicht mehr ab. Obwohl ich es lange klingeln ließ.

Beim Abendbrot gab ich keinen Ton von mir.

»Es ist fast schon Sommer und alles ist einfach schön«, sagte Amanda und nahm sich Salat. Ihre Augen leuchteten. »Irgendwie bin ich wahnsinnig glücklich in der letzten Zeit …«

Glücklich …

Genau das hatte an diesem Tag die »Ich bin toll!«-Post geschrieben. »Sei glücklich! Genieße das Leben! Sag es dir selbst: ›Ich bin dankbar und glücklich, so lebendig zu sein!‹«

Ich hatte mir einen Zettel geschrieben und in meinem Zimmer aufgehängt:

VON HEUTE AN WILL ICH
IMMER GLÜCKLICH SEIN!

Und dann war der Sommer da, aber ich war nicht glücklich. Der Zettel hatte nicht funktioniert. Wütend knüllte ich ihn eines Tages zusammen und warf ihn meinem Skelett durch die Rippen.

Jeden Nachmittag ging ich alleine in den Park. Hinter dem Ententeich hatte ich eine kleine, versteckte Wiese entdeckt. Dort lag ich in der Sonne, stopfte Kirschen und Schokolade und Kekse in mich hinein und hörte *Hair* in voller Lautstärke auf meinem MP3-Player.

Eines Tages tippte mir jemand auf die Schulter. Erschrocken öffnete ich die Augen. Vor mir saß ein fremder, eigenartig aussehender Junge und lächelte mich an. Er war bestimmt noch mal einen Kopf größer als Hauke, der schon groß war, hatte zottelige, grün gefärbte Locken und steckte in einem verwaschenen Automechanikeranzug. Seine Füße waren nackt und ziemlich grau.

»Darf ich einen Ohrstöpsel leihen?«, fragte er und dann zupfte er mir, ohne eine Antwort abzuwarten, einen Ohrstöpsel aus dem Ohr und legte sich einfach so neben mich. Am nächsten Tag kam er wieder und am übernächsten auch. Wir redeten nie etwas, wir hörten nur zusammen Musik.

Und dann passierte die Sache mit Amanda, einfach so von einem Tag auf den anderen. Als es anfing, saß sie mit Hauke hinter dem Haus und aß Liebesperlen. Plötzlich verzog sie das Gesicht.

»Was hast du?«, fragte Hauke.

»Nichts«, sagte Amanda, aber plötzlich krümmte sie sich.

Ich war gerade runtergekommen um in den Park zu gehen.

»Amanda ...«, rief Hauke und packte meine Zwillingsschwester am Arm. »He, Amanda!«

»Nicht – aua …«, stammelte Amanda und wollte aufstehen. Sie war auf einmal sehr blass.

Ich war stehen geblieben, plötzlich hatte ich Angst, richtige Angst. Dabei wusste ich nicht einmal wovor.

»Hauke, mir ist so komisch …«, schluchzte da Amanda und taumelte. Und dann sackte sie in sich zusammen.

»Belinda, hilf mir!«, schrie Hauke erschrocken und sprang auf.

Amanda lag da, als schliefe sie. Ihre blauen Augen waren geschlossen und ihre hellen Haare lagen um sie wie ein Heiligenschein. Auf ihrer Stirn stand Schweiß.

Und dann kam der Rettungswagen. Und unsere Mutter. Und am Abend unser Vater. Alle zusammen warteten wir im Krankenhaus.

Ich saß zwischen Hauke und meinem Vater und fühlte mich ganz eigenartig. Immer wieder musste ich an meinen Traum denken, in dem Amanda gestorben war.

Ich hatte schreckliche Angst.

Auch Marcella und Mia waren gekommen. Wir schauten uns nicht an.

Erst gestern hatte Marcella mich wieder *Gerölllawine* genannt, vor den anderen in der Klasse. Und in der letzten Woche hatte sie mich und den grünhaarigen Jungen im Park überrascht.

»Wow, Gerölllawinen im Doppelpack«, hatte sie geprustet und war weitergegangen.

Die Untersuchungen dauerten die ganze Nacht. Amanda war auf die Intensivstation gebracht worden. Am anderen Morgen sprach der behandelnde Arzt lange mit unseren Eltern.

Hauke war nachts von seiner Mutter abgeholt worden. Mich hatte unsere Oma abgeholt.

»Es sind ihre Nieren«, sagte meine Mutter, als sie gegen Mittag endlich aus der Klinik kamen. »Sie hat ein totales Nierenversagen, keiner weiß, warum …«

Mein Vater war unrasiert und grau vor Müdigkeit und Sorge.

Der Himmel draußen war von einem dunklen Gewittergrau. Es war, als mache der Sommer, der Amanda so glücklich gemacht hatte, eine atemlose Pause.

»Sie ist sehr schwach im Moment«, fuhr meine Mutter fort. »Die Ärzte haben sie an die Dialyse angeschlossen. Seit einer Stunde ist sie wieder bei Bewusstsein.«

Mittags durfte ich meine Schwester besuchen. Hauke, Marcella und Mia durften nicht zu ihr.

Amanda schaute mir stumm entgegen, als ich mich zur Tür hereinschob. Ich trug einen grünen Krankenhauskittel und einen Mundschutz, wie es Vorschrift war.

Amanda war an viele Geräte und Schläuche angeschlossen. Wie krank und elend sie aussah. Neben ihr stand ein großes, piepsendes Gerät. Das war wohl der Apparat, der im Augenblick Amandas kranke Nieren ersetzte.

Erschrocken blieb ich stehen. »Hallo«, murmelte ich nervös.

»Hallo«, flüsterte Amanda.

»Da ist ja deine Schwester«, sagte in diesem Moment eine Krankenschwester.

Ich fuhr zusammen, ich hatte sie bisher gar nicht gesehen.

Amanda nickte schwach.

»Das sieht man gleich«, fuhr die Schwester fort und lächelte uns zu. »Die gleichen Augen – nur in unterschiedlichen Farben. Zwillingsaugen …«

Sehr langsam trat ich an Amandas Bett.

Ich hatte das Gefühl, als reihe sich eine Ewigkeit an die nächste. Amandas Gesicht war weiß. Unter ihren Augen lagen dunkle Schatten. Sie sah schrecklich dünn aus.

Mich beschlich ein eigenartiges Gefühl. Zum ersten Mal musste ich wieder daran denken, wie nah wir uns früher gewesen waren. Damals, als wir uns noch ein Zimmer geteilt hatten. Und noch viel früher, als wir uns den Bauch unserer Mutter geteilt hatten. Als Kleinkinder hatten wir das mal in der Badewanne nachgespielt. Wir hatten uns dicht aneinander gekuschelt und unser Vater hatte ein Foto von uns gemacht. Da waren wir drei oder vier gewesen.

Und eigentlich hatte Amanda mit dem Dichten in der Badewanne angefangen. Wie hatte ich das nur vergessen können?

»Belinda, ich habe solche Angst …«, flüsterte Amanda in diesem Moment.

Belinda – nicht *Geröllawine …*

Ich schluckte.

»Ich habe Angst, dass ich sterben muss … Ich fühle mich so eigenartig …«

Ich nickte, weil ich das auch fühlte. Ich spürte plötzlich, dass ich das, was Amanda fühlte, auch fühlen konnte. Irgendwo in mir drin. Ich kannte dieses Gefühl von früher. Früher hatten Amanda und ich immer ge-

genseitig die Gefühle der anderen fühlen können. Mal mehr und mal weniger gut. Unsere Oma und ihre Zwillingsschwester hatten uns erzählt, dass es ihnen auch so ginge. Aber dann hatte es aufgehört, für lange Zeit.

Bis jetzt, bis an diesem Tag an Amandas Krankenbett.

Ich fühlte, dass sie sich fürchtete, nicht mehr gesund zu werden. Benommen nahm ich ihre kalte Hand in meine. Mehr konnte ich nicht tun für meine schöne, kranke Schwester.

Und dann überstürzten sich die Ereignisse. Amandas Körper brauchte Hilfe – meine Hilfe.

»Wir müssen prüfen, ob du ihr helfen kannst«, sagte ein junger Arzt zu mir und brachte mich, ohne mich zu fragen, in ein Untersuchungszimmer. Auf seine Anweisung nahm mir eine Krankenschwester drei Röhrchen Blut ab. Mir wurde schwindelig und ich schloss die Augen.

Draußen regnete es seit Tagen. Der Sommer war kühl und windig geworden, seit Amanda krank war.

»Ein Glück, dass ihr Zwillinge seid«, sagte Marcella am anderen Tag in der Schule. »Meine Eltern sagen, du kannst ihr bestimmt eine Niere spenden, euer Blut müsste sich sehr ähnlich sein.«

Ich schaute sie stumm an. In meinem Kopf wirbelten tausend widersprüchliche Gefühle.

Zwei Tage später war das Ergebnis meiner Blutuntersuchung da.

»Ja, der jüngere Zwilling kann dem älteren ein Organ spenden«, sagte eine fremde Krankenschwester, als wir in die Klinik kamen.

Wie das klang: der jüngere Zwilling und der ältere. Das waren wir: Amanda und ich.

Und was bedeutete: ein Organ spenden?

Ich lauschte den Worten des Arztes, der es mir erklärte. Meine Mutter saß neben mir und hielt meine Hand. Ihre Finger waren kalt und zitterten.

Es würde eine richtig große Operation sein. Sie würden mir die linke Niere entnehmen und sie in Amandas makellosen Körper einpflanzen.

In meinem Kopf drehte sich alles und die Stimme des Arztes rauschte in meinen Ohren.

»Wenn alles gut geht, wird deine Schwester mit deiner Hilfe wieder ganz gesund werden«, sagte der Arzt zum Schluss. »Du wirst sehen, in einem halben Jahr ist sie ganz die Alte und ihr könnt gemeinsam über diese Zeit lachen ...«

Ich hob den Kopf. Wann hatten Amanda und ich zum letzten Mal *gemeinsam* gelacht? Und wie würde es sein, wenn sie wieder ganz gesund würde? Wäre ich dann wieder die Geröllawine, die verrückte, dicke, peinliche Schwester?

Was sollte ich nur tun?

Stumm ging ich mit meiner Mutter nach Hause. Morgen sollte ich in die Klinik kommen. Und übermorgen sollte ich Amanda eine Niere spenden, damit sie wieder gesund werden konnte. Ich dachte an Hauke, der dann wieder jeden Tag kommen würde, um Amanda abzuholen.

Als wir unser Haus erreichten, sah ich, dass dort jemand im Regen vor unserem Haus saß und uns entgegenschaute. Es war der grünhaarige Junge aus dem

Park. Ich wusste nicht einmal seinen Namen. Er lächelte mich an und schüttelte sich dann die Regentropfen aus den nassen Haaren.

»Woher ... woher weißt du, wo ich wohne?«, stammelte ich verwirrt. »Und warum sitzt du hier im Regen?«

»Ich bin Elias«, sagte der Junge. »Und ich bin gekommen, weil du anscheinend ziemlich wasserscheu bist. Jedenfalls hast du dich seit zwei Wochen nicht mehr im Park blicken lassen. Und da habe ich gemerkt, dass du mir fehlst. Du und der Ohrstöpsel!« Er grinste und wanderte neben mir ins Haus. Wieder tat er es einfach so. »Ich bin dir manchmal hinterhergelaufen, wenn du abends aus dem Park nach Hause gegangen bist. Darum wusste ich, wo du wohnst.«

Plötzlich fühlte ich mich ganz leicht. Ich führte Elias in mein Zimmer.

»Hey, verdammt schön hast du's hier«, sagte er und setzte sich auf meine Matratze.

Ich setzte mich neben ihn.

Bisher hatten wir noch nie wirklich miteinander geredet, aber jetzt sprudelte alles, alles, alles aus mir heraus. Zwischendurch kam Wunschpunsch scheu herein und verkroch sich hinter dem halben Marmormann. Ab und zu riskierte er vorsichtig einen kurzen, erstaunten Blick auf meinen Besucher. Und schließlich schaffte Elias es, Wunschpunsch aus seinem Winkel zu locken.

»Wow, ein dreibeiniger Kater«, sagte Elias freundlich und streichelte ihn sanft. Dann lauschte er wieder meinem Bericht.

»... und jetzt weiß ich nicht, was ich tun soll«, sagte ich zum Schluss leise.

»Klar weißt du das«, sagte Elias und plötzlich legte er seinen Arm um meine Schulter. »Natürlich wirst du deiner Schwester helfen und ihr ein paar Innereien von dir abtreten. Ist doch logisch, wenn man kapiert, wie du bist …«

Ich hob den Kopf. »Wie bin ich denn?«, fragte ich leise.

»Gut«, sagte Elias. »Gut und schön und besonders und der beste Mensch, der mir seit langem begegnet ist …«

Durchgeknallt

Werner J. Egli

Eigentlich ist das eine Liebesgeschichte.

Eine Liebesgeschichte? Mann, ich kann Robby sehen und die anderen Jungs aus unserer Klasse. »Hey, Babe, hast du nichts anderes auf Lager als eine dämliche Liebesgeschichte?«

Was denn? Hätte ich gesagt, das ist eine Horrorgeschichte, in der fünfzehntausend Leute platt gemacht werden, würden sie alle schreien: »Voll geil, Laura, du bist eine Wucht.«

Aber so.

Dabei ist in der Liebe alles drin. Jedes Gefühl, das man sich nur denken kann. Und auch solche, die einem nie in den Sinn kämen.

Und vor allem ist es DAS THEMA bei uns Mädchen. Wir können stundenlang darüber reden. Tage. Monate. Pausenlos.

Als sich Anna zum Beispiel in Philipp verliebte, war das für uns alle ein gefundenes Fressen. Wie Hyänen stürzten wir uns drauf. Jede kleinste Kleinigkeit, die Anna irgendjemandem erzählte, war sofort im Umlauf. Gerüchte wurden zu Vermutungen, Vermutungen zur Wahrheit.

Klar beteiligte ich mich daran. Nele auch. Und sogar die Jungs. Wir hatten höllisch viel Spaß damit. Nur Philipp regte sich auf. Er verprügelte Oliver. Und dann auch noch Max. Es war ein Skandal. Anna und er machten Schluss. Philipps Eltern zogen weg. Danach war Ruhe und keiner von uns wäre auf die Idee gekommen, dass es ihn selbst treffen könnte. Ich sowieso nicht. Weil es über mich nie was zu reden gab. Ich war langweilig.

Bis ich vor ein paar Wochen Alessandro zum ersten Mal sah. Das war, als seine Eltern und er in das Nachbarhaus einzogen. Niemand wusste, woher sie kamen.

Es schien, als ob seine Eltern jede Menge Kohle hätten, denn während einiger Tage wurde ihnen alles, was man so zum Wohnen und Leben brauchte, von verschiedenen Einrichtungshäusern geliefert. Jede Menge neue Möbel.

Ich bin kein häuslicher Typ. Mein Zimmer ist spartanisch eingerichtet. Schreibtisch, Hocker, Schrank und Bett. Aus. Nichts Überflüssiges. Drei Wände weiß, eine orange. Ein Bild mit einer Schlittschuhläuferin auf blankem Eis und dahinter, in weiter Ferne, nichts als verschneite Hügel und der blaue Himmel. Habe ich selbst gemalt.

Meine Schwester Nele ist kuhl. Jaja, ich weiß, kuhl schreibt man anders, aber das ist mir egal. Ich schreibe kuhl kuhl, weil ich denke, dass es so besser zu mir passt und vor allem zu meiner Sprache, die ja ein nicht zu unterschätzender Teil meiner Kultur ist. Sagt Leipheimer, unser Deutsch- und Geschichtslehrer.

Der sagte uns auch, dass wir einen Neuen kriegen

würden. Die Jungs konnten mit dieser Nachricht nichts anfangen. Aber wir, die Mädchen, wir waren natürlich total gespannt auf ihn.

»Hoffentlich ist er einer, mit dem man was anfangen kann«, meinte Nele, als wir uns auf dem Nachhauseweg befanden.

»Wie soll er denn sein?«

»Anders. Du weißt schon, einer, von dem du im Bett träumen kannst, bevor du einschläfst.«

»Wie?«, fragte ich beharrlich.

»Kein Depp.«

»Johnny?«, lachte ich.

Sie begriff sofort. In ihrem Zimmer hatte sie nämlich ein Filmposter aufgehängt. Johnny Depp als Pirat.

Wir waren gut drauf an diesem wundervollen Frühlingstag. Die Bäume am Straßenrand trugen einen Hauch von frischem Grün. Es war Donnerstag. Am Wochenende würden wir mit der ganzen Clique in die Schweiz fahren und auf einem Gletscher snowboarden.

Nele und ich, wir verbrachten unsere Freizeit oft zusammen. Eigentlich waren wir beinahe unzertrennlich und das schon von klein auf. Klar gab es ab und zu Knatsch, aber wir liebten uns, obwohl wir sehr verschieden waren. Nele war blond. Blauäugig. Kuhl eben. Hatte immer alles im Griff. In der Schule hätte sie jeden haben können. Und ich? Dunkelbraunes Haar, beinahe schwarz, lila Strähne, weiße Haut. Viel zu lang und zu dünn und zu flachbrüstig, um bei einem anderen als Robby eine Chance zu haben. Ich trug am liebsten schlottrige Cargo-Hosen, schwarze T-Shirts und alte Turnschuhe.

So bogen wir in unsere Straße ein, wo ein paar moderne Mehrfamilienhäuser standen. Wir wohnten im mittleren. Unsere Wohnung war schräg gegenüber der Wohnung, in der die Familie mit dem Neuen einzog.

Als wir um die Ecke kamen, Nele und ich, sahen wir ihn zum ersten Mal. Ich muss zugeben, mir blieb einen Moment lang beinahe das Herz stehen. Dabei bin ich nicht so leicht aus der Fassung zu bringen. Schon gar nicht beim Anblick eines Jungen. Und Nele hat das Kuhlsein eh drauf. Bei ihr ist das keine Sache, die sie trainieren muss. Naturtalent. Gäbe es Weltmeisterschaften im Kuhlsein, ich glaube, Nele hätte Chancen, ganz oben auf dem Treppchen zu stehen.

Ich hingegen muss mir immer Mühe geben, meine Gefühle zu verbergen. Nele ist Eis, ich bin Feuer, sagt unser Vater immer. Ich mache rhythmischen Tanz, Nele macht Karate.

Der Junge hockte hinten auf einem offenen Möbeltransporter, ließ die Beine herunterbaumeln und aß ein Sandwich. Er sah uns kommen, ganz bestimmt, aber er tat, als existierten wir nicht. Zuerst dachte ich, er gehört zu den Möbelpackern. Trug Jeans, gelbe Schuhe mit dicker Profilsohle und oben nichts. Nackte Haut. Durchtrainierte Muskeln. Eine Tätowierung auf der linken Schulter.

Als wir auf dem Gehsteig stehen blieben, fiel mir auf, dass er eine leichte Gänsehaut hatte. Wie gesagt, es war Frühling, aber noch nicht so richtig warm.

Nele fiel was anderes auf. Seine Augen. Grüne Augen? Das haute sie um. Eigentlich wollte sie ihn ja fragen, wie er hieß und ob er der Neue sei, aber sie blieb stumm wie ein Fisch. So was kam bei ihr selten vor. Dass es ihr die Sprache verschlug, meine ich.

»Bist du der Neue?«, fragte ich ihn.

Jetzt sah er mich an. »Ich bin Alessandro«, sagte er. »Und du?«

»Laura. Das ist meine Schwester Nele. Wir wohnen dort.« Ich zeigte zum Haus hinüber.

»Dann sehen wir uns ja.«

Jetzt erst fand Nele die Sprache wieder. »Okay«, sagte sie.

Er sah mich an. Nur mich. »Bis später«, sagte er.

Ich sagte nichts. Erst daheim fielen wir beinahe in Ohnmacht. Nele mehr als ich. Sie kriegte sich fast nicht mehr ein. Musste unbedingt Sandra anrufen. Sandra rief danach Anna an. Und Anna rief Oliver an und sagte ihm, dass der Neue ein kuhler Typ sei, richtig geil und knackig, und Oliver sagte ihr, er hoffe nur, dass der Tore schießen könne, denn sie bräuchten in ihrer Mannschaft endlich einen hochkarätigen Stürmer. Anna rief sofort wieder uns an und fragte, ob der Typ Fußball spiele, und Nele sagte, das wisse sie nicht, weil sie ihn nicht danach gefragt habe.

Ich hätte zum Beispiel viel lieber gewusst, ob er dort, wo er herkam, eine Freundin zurückgelassen hatte. Und ob er auf blonde Haare stand oder auf dunkle. Ich meine, Nele kriegte einfach jeden. War schon immer so. Es gab keinen an unserer Schule, der nicht auf Nele stand. Und auf mich? Keiner. Außer Robby, der Bruchpilot, der seinem Vater den Audi geklaut hatte und ihn 300 Meter vom Haus weg um einen Laternenpfahl wickelte. 300 Meter! Den Knall hatte sogar seine Mutter gehört und die glotzte gerade die »Lindenstraße«, bei der sie immer ganz weggetreten ist.

Ich mag Autos nicht. PS bedeuten mir rein gar nichts. Aber Robby kann von nichts anderem reden als von Autos. Einmal wollte er mich küssen, aber da habe ich ihm klipp und klar gesagt, dass ich nicht auf Autos stehe.

»Ich bin kein Auto«, antwortete er völlig verwirrt, aber schließlich hat er doch noch geschnallt, was ich meinte.

Um es vorwegzunehmen, vom Neuen ließ ich mich schon am gleichen Abend küssen. Ehrlich.

Ich muss zugeben, ich war vom ersten Augenblick an in ihn verknallt. Ist mir vorher noch nie passiert. NIE! Dumm war, dass ich es Nele sagte.

»Nele, ich habe mich in Alessandro verliebt.«

Sie lachte mich aus. »Der ist nichts für dich, Laura. Ich gehe mit dir jede Wette ein, dass er dort, wo er herkommt, jede Menge gebrochene Mädchenherzen zurückgelassen hat. Und vielleicht sogar noch was anderes.«

»Was meinst du?«

»Das ist ein Vernascher, Laura, verstehst du.«

»Ein Vernascher?« Ich hatte sie dieses Wort noch nie sagen hören und trotzdem war mir klar, was sie damit meinte. Was mir nicht so richtig in den Kopf wollte, war, wie sie denn darauf kam, dass er ein Vernascher war. Er hatte uns doch kaum angesehen. Vielmehr durch uns hindurchgesehen. War sie etwa selbst in ihn verknallt? Nele, meine von mir überaus geliebte ältere Schwester, die jeden haben konnte, den sie wollte?

Ich hatte keine Ahnung, bat Nele aber, in der Schule

mit niemandem darüber zu reden, nicht einmal mit Anna. Ich wollte nicht zum Gespött der anderen werden. Auf Nele war Verlass. Das wusste ich. Also machte ich mir keine Sorgen.

Dann geschah etwas, was ich nie erwartet hätte. Am Abend war ich zu Hause, weil Nele mit Anna und ein paar anderen Freundinnen ins Kino ging. Mutter las ein Buch. Vater war oben in seinem Arbeitszimmer und hackte mit zwei Fingern auf der PC-Tastatur herum.

Plötzlich klingelte es.

Wer stand draußen? Richtig! Alessandro.

Er redete nicht lange rum.

»Ich sah deine Schwester mit Freundinnen weggehen«, sagte er. »Hast du auch was vor, heute Abend?«

Ich hatte eigentlich vor, den Abend mit meinen Gedanken zu verbringen. Mich auf die Mathearbeit vorbereiten. Heiße Schokolade trinken. Mit meinem alten Bär »Pu-bä« knutschen, auf dem Bett liegen und die Decke anstarren, an Nele denken und an Anna und die anderen, vielleicht von Alessandro träumen.

Jetzt stand er da. Hemd über die Jeans hängend. Schwarze Jacke. Seine gelben Schuhe.

»Ich meine, wenn du nichts vorhast, lade ich dich ein.«

»Z…z…zu was?«

»Wir könnten zusammen in die Stadt gehen. Du kennst sie bestimmt gut.« Er lächelte. Dabei strahlten seine Augen so offen und ehrlich, dass sich mein anfängliches Misstrauen in Luft auflöste.

»Ich muss meine Eltern fragen«, sagte ich. »Willst du reinkommen?«

Er kam rein.

»Soll ich die Schuhe ausziehen?«

»Bestimmt nicht«, lachte ich. »Komm.« Ich führte ihn ins Wohnzimmer. Mutter hatte ihre Lesebrille auf. »Mutter, das ist Alessandro«, sagte ich. »Von nebenan.«

Natürlich wusste sie sofort, wer Alessandro war. Wir hatten ja beim Abendessen ausgiebig über ihn geredet, Nele und ich.

»Alessandro«, sagte sie so freundlich wie immer.

Alessandro machte eine kleine Verbeugung.

»Paterlini«, sagte er höflich. »Ich kenne hier noch niemand und wollte Laura dazu überreden, mir heute Abend die Stadt zu zeigen.«

»Das ist eine hervorragende Idee, Alessandro«, freute sich Mutter. »Es ist ein wunderschöner Frühlingsabend.« Sie sah mich an. »Ich glaube, Laura hat heute Abend nichts vor, nicht wahr, Laura?«

Kurz, ich ging mit ihm in die Stadt.

Wir tranken in einem Straßencafé beim Markt heiße Schokolade und gingen anschließend in der Eisdiele »Da Nino« Eis essen und er sagte, dass seine Eltern von einer Insel im Mittelmeer kämen, von Elba, und dass er eines Tages dorthin zurückkehren werde, um ein Buch über seinen Großvater, einen armen Fischer, zu schreiben, der sich in die Tochter eines reichen Mafiabosses verliebte, ihr ein Kind machte und dann von einem bestellten Killer ermordet wurde. Alles ziemlich romantisch und tragisch.

Ich gestand ihm, dass ich das Buch auf jeden Fall lesen würde, weil ich solche Geschichten mochte. Dann erzählte ich ihm von Nele und dass wir übers Wochenende mit Freunden zum Snowboarden in die Berge fahren würden. Er hörte mir richtig zu, als wäre jedes Wort, das ich sagte, für ihn von ganz besonderer Bedeutung. Ich meine, das hat mich beeindruckt. Normal ist das doch nicht, oder? Dass einer zuhört, wenn du was sagst. Auf jeden Fall fühlte ich mich in seiner Begleitung richtig gut und ich war glücklich und so gingen wir dann noch ein bisschen in der Stadt herum.

Es geschah unten beim kleinen Park, wo der Kinderspielplatz ist. Nachts spielte da niemand. Nur ein Hund war da und kackte glatt in den Sandkasten, weil jemand vergessen hatte, das grüne Plastikgeflecht drüber zu tun.

Ich regte mich darüber auf, dass Leute ihre Hunde auf Kinderspielplätzen Gassi führten, aber Alessandro war mit seinen Gedanken woanders.

»Glaubst du, dass es das gibt, Liebe auf den ersten Blick?«, fragte er, während ich eine leere Coladose, die zerdrückt auf dem Boden gelegen hatte, nach dem Hund warf.

Ich war ziemlich verdutzt. Ich meine, da gehst du mit einem Jungen, der vielleicht ein Werwolf war, einen Stadtbummel machen, und auf dem Heimweg, während du dich mit einem kackenden Hund beschäftigst, stellt er dir eine Frage, die schwieriger zu beantworten war, als den Hund am Hinterkopf zu treffen.

Der Hund raste davon, seinem Herrchen hinterher, und ich stand da und wusste keine Antwort.

Er lachte. »Eigentlich wollte ich dich fragen, ob ich dir einen Kuss geben darf.«

»Einen Kuss?«

»Du weißt schon. Ich würde dich gerne küssen.«

»Küssen? Wieso?«

»Weil ich mit dir gehen will.«

»Gehen?« Das Blut raste im ICE-Tempo durch meine Adern und in meinem Kopf ging es zu, als hätte jemand Kohlensäure reingetan und dann geschüttelt.

Er fasste mich bei den Schultern und zog mich ganz nahe an sich heran. »Ich habe mich auf den ersten Blick in dich verliebt, kapiert?«

Bevor ich Ja oder Nein sagen konnte, küsste er mich. Einfach so. Auf den Mund. Sanft und so, dass ich mich gehen ließ und sozusagen in seinen Armen dahinschmolz. Keine Ahnung, wie lange das dauerte. Ein paar Sekunden schon. Und sonst geschah nichts, ich schwör's! Keine Zunge. Kein Betatschen. Er hielt mich nur fest und irgendwie war das für uns beide wohl eine Angelegenheit, die wir noch zu üben hatten, denn wir verloren das Gleichgewicht und gerieten ins Stolpern.

»Entschuldige«, sagte ich, weil er beinahe hinfiel.

Er lachte.

Und ich lachte.

Und dann gingen wir nach Hause und ich erzählte Nele alles und wir umarmten uns, weil ich glücklich war wie schon lange nicht mehr. Kein Wort von wegen »Vernascher«. Nichts.

Das ganze Wochenende lang, beim Snowboarden und überall, schwebte ich auf Wolke sieben, aber ich sagte keinem, was los war.

Am Montag, in der Schule, ging es dann los.

Es fing ganz harmlos an.

Alessandro war da. Er sah gut aus. War klasse angezogen. Nicht übertrieben modern und auch nicht so mit Ghetto-Klamotten oder so, sondern einfach klasse. Er hatte was, was keiner sonst hatte. Stil.

Die anderen Mädchen waren furchtbar beeindruckt, weil wir uns unten auf dem Schulhof umarmten. Ich sah einige von ihnen die Köpfe zusammenstecken. Das machte mich zugegeben mächtig stolz. Am liebsten hätte ich Alessandro geküsst, aber dann hätte es wahrscheinlich Stunk gegeben, weil das bestimmt irgendein Pausenaufseher gesehen und der Schulaufsichtsbehörde oder sonst jemand gemeldet hätte.

Schon in der ersten Pause nahm mich Anna zur Seite. Sie war gnadenlos neugierig: »Das stimmt doch nicht, dass du was mit ihm hast, oder?«, fragte sie lechzend.

»Was meinst du?«

»Sex!«

»Quatsch!« Ich ließ sie stehen. Das hätte ich vielleicht nicht tun sollen. Möglicherweise, dachte ich später, war sie es, die angefangen hat irgendwelchen Mist über Alessandro und mich herumzuerzählen.

Am ersten Tag ging's ja noch und ich habe mich nicht darüber aufgeregt. Am Abend sagte mir Nele auf dem Heimweg, dass mich irgendjemand gesehen hätte. Zusammen mit Alessandro. Im Park.

»Und? Du weißt ja, was passiert ist. Wir haben uns geküsst. Drei Sekunden lang.«

Sie sah mich an und ich sah ihr an, dass sie mir nicht glaubte.

»Was ist? Glaubst du mir etwa nicht?«

»Man sagt, dass ihr ganz schön rangegangen seid.«

»Wer sagt das?«

»In der Schule geht es rum.«

»In der Schule geht immer was rum, verdammt! Du kannst Alessandro fragen, wenn du mir nicht glaubst.«

Das tat sie natürlich nicht. Aber während der nächsten Tage ging es erst richtig los. Es wurde herumgeredet, dass ich es mit Alessandro gemacht hätte. Gleich am ersten Tag. Am Abend. Im Park. Beim Kinderspielplatz. Hinter den Büschen. Oder vor den Büschen. Im Stehen. Nein, im Liegen.

Ich musste mit Alessandro reden!

Wir verabredeten uns beim alten Kino. Ich wartete eine halbe Stunde, aber er kam nicht. Mein Handy war tot. Akku leer. Dann fiel mir das andere alte Kino beim Kaufhof ein. Ich rannte durch den Regen. Als ich dort ankam, sah ich nur Leipheimer. Er kam aus dem Bistro, zusammen mit seiner Frau. Sie hatten Probleme mit dem Regenschirm und sahen mich zum Glück nicht. Ich war völlig paranoid.

Vom nächsten öffentlichen Telefon rief ich Alessandro an. Sein Vater war dran. Alessandro hätte sich mit mir verabredet, sagte er mir, ohne zu begreifen, dass er mich an der Strippe hatte. Ich ging nach Hause und rief zuerst Anna an.

»Was ist los, verdammt?!«, schrie ich sie an.

»Was meinst du?«

»Da schleudert jemand mit Dreck!«

Sie sagte mir, dass uns jemand gesehen habe. Sie wusste aber nicht, wer. Und Sandra wisse auch nicht, wer. Vielleicht Ulla, die alte Dreckschleuder.

Ich sagte ihr, dass nichts Wahres dran sei an der Geschichte.

»Ich glaube dir, Laura, aber du weißt ja, wenn solches Zeug herumgeredet wird, bleibt immer was hängen.«

Ich rief Ulla an. Sie lachte nur und schlug mir vor, mich nicht aufzuregen. Und dann fragte sie, wie es gewesen sei. Ob es mir Spaß gemacht habe. Ihr könne ich es ja sagen.

»Es ist nichts passiert, verdammt!« Ich legte auf. Dann rief ich Alessandro an.

»Tut mir Leid, dass ich dich nicht getroffen habe. Ich war am anderen Kino und habe dort eine Stunde auf dich gewartet. Dann habe ich versucht dich auf deinem Handy anzurufen.«

Wir redeten miteinander, als ob nichts geschehen wäre. Ich war brutal wachsam. Wenn er irgendetwas von dem gewusst hätte, was in der Schule rumging, hätte ich es gemerkt. Glaube ich wenigstens.

»Laura, ich mag dich sehr«, sagte er. »Weißt du, ich denke oft an unseren ersten Abend, als wir uns geküsst haben.«

Mir blieb das Herz stehen. Jetzt kam es. Er würde mir sagen, dass wir Schluss machen müssten. Wegen all dem Gerede in der Schule.

»Ich wollte dich küssen, Laura. Aber manchmal denke ich, dass ich dich überfallen habe.«

»Ich – ich hätte Nein sagen können«, stotterte ich.

»Ja. Und trotzdem. Du sollst wissen, dass es nicht aus Respektlosigkeit geschehen ist.«

Mann, ich liebte ihn für das, was er sagte, und dafür, wie er es sagte. Am liebsten wäre ich über die Straße gelaufen und ihm in die Arme gefallen. Aber in dem Moment machte Nele die Tür auf und steckte ihren Kopf herein. Natürlich schnallte sie sofort, mit wem ich quatschte und was los war. Sie verdrehte die Augen und grinste dabei.

Am nächsten Tag war alles noch schlimmer. Ich fand einen Zettel auf meinem Pult. Jemand hatte mit einem Filzer SCHLAMPE daraufgeschrieben. Mit sechsfachem Ausrufezeichen. Ich zerriss den Zettel in kleinste Fetzen, bevor ich zur Toilette ging und ihn runterspülte.

Am Nachmittag, nach der Schule, ging ich nicht ins Training. Ich ging zum Kinderspielplatz. Es regnete leicht und es war niemand da. Auch nicht das Herrchen mit dem kleinen Hund, dem ich die Dose an den Kopf geworfen hatte. Ich versuchte mir die ganze Szene von jenem Abend noch einmal vorzustellen und hoffte, dass mir irgendwas einfiele, das in meiner Erinnerung verborgen hängen geblieben war. Ich hatte das mal in einem TV-Krimi gesehen. Aber die Realität war eben anders.

Enttäuscht ging ich nach Hause. Traurig. Ich läutete bei Alessandro. Zum Glück war niemand da. Sonst hätte ich wahrscheinlich losgeheult. Ich war ziemlich fertig.

Nele war daheim. Sie saß in meinem Zimmer, als hätte sie schon eine Ewigkeit auf mich gewartet. Sie sah alt aus. Als wäre ihr ein Unglück zugestoßen. Ihre Augen waren gerötet, ihr Eyeliner verschmiert.

Ich zog meine Jacke aus und hängte sie auf. »Was ist passiert?«, fragte ich sie.

»Ich muss dir was sagen, Laura.«

»Was?«

Sie schluchzte auf. »Ich will's dir ja grad sagen. Es ist nicht so einfach.«

»Was?«

Sie starrte mich an. »Ich war's.«

»Was?«

Dicke Tränen begannen ihr über die Wangen zu laufen. Wie ein Häufchen Elend saß sie da. »Es tut mir so schrecklich Leid, Laura.«

»Nele, sag mir endlich, was geschehen ist!«

»Ich habe es Robby gesagt, Laura«, stieß sie mit tränenerstickter Stimme hervor. »Ich habe mir nichts dabei gedacht. Ich sagte ihm nur, dass du dich in Alessandro verliebt hast. Und dass ihr euch am ersten Abend beim Kinderspielplatz geküsst habt. Was er danach weitererzählt hat, weiß ich nicht. Aber er hat Anna angerufen, das weiß ich. Und Anna hat Sandra angerufen.«

Ich stand da und wollte nicht wahrhaben, was mir Nele eben gesagt hatte. Mein Herz schmerzte.

Sie warf sich auf mein Bett und weinte in mein Kissen. Und ich wusste nicht, was ich sagen sollte. Ich ging zum Fenster und blickte in den Regen hinaus. Unten kam Alessandro mit dem Fahrrad von seinem ersten Training nach Hause. Er war klitschnass, sah zu mir hoch und zeigte mir den Daumen zum Zeichen, dass alles in Ordnung war.

Wusste er tatsächlich nicht, was man in der Schule herumerzählte? Oder war es ihm egal, weil er die Wahrheit kannte. Er und ich. Und sonst niemand.

Die Wahrheit war es, die zählte. Nicht die Lügen.

Aber die Lügen konnte niemand mehr aufhalten, auch Nele nicht, das war mir klar. Trotzdem tröstete mich der Gedanke, dass niemand uns beobachtet hatte, als wir uns küssten.

Ich ging zum Bett und setzte mich auf den Rand. Dann streichelte ich Nele übers Haar.

Sie warf sich auf den Rücken. »Bitte verzeih mir«, schluchzte sie.

Ich brauchte ihr nicht zu verzeihen. Sie war meine Schwester. Ich liebte sie. Wir umarmten uns und ich gab ihr einen Kuss und sie mir auch einen. Wir weinten und lachten beide durcheinander. Das Telefon klingelte. Es war Alessandro. Er fragte, ob ich heute Abend mit ihm ins Kino gehen würde.

»Mit Nele?«

»Klar.«

»Okay.«

Das war's. Ich sprang vom Bett und tanzte in meinem Zimmer herum und Nele sah mich an, als wäre ich durchgeknallt. Vielleicht war ich das auch.

Hänsel & Gretel oder was?

Barbara Zoschke

Diesmal hatte meine Mutter einen Künstler angeschleppt. Bobby Gäng! Er kam vom Bodensee. Ursprünglich. Keine Ahnung, was ihn in unser Kaff verschlagen hatte, wo von Kunst eigentlich nie die Rede war. Wir hatten ein muffiges Kino, in dem »Der weiße Hai« und »Vier Fäuste für ein Halleluja« liefen, ein Eiscafé und jede Menge Wald drum herum.

Eines Tages war er also da – Bobby Gäng.

Davor hatte sie so eine Art Professor gehabt, mit Anzug und Brille und riesengroß, und der wollte, dass wir Papa zu ihm sagen. Haben wir uns natürlich geweigert. Der ist aber trotzdem mit uns ins Kino. Nicht in das muffige, sondern in das in der Stadt. Dazu gab's Popcorn.

Man konnte das Popcorn aber nicht richtig genießen, weil der Professor immer guckte, wer wie schnell aß. Ihm war aufgefallen, dass mein Bruder wahnsinnig schnell aß und dass seine Tüte leer sein würde, bevor der Film anfing. Ich aß hingegen bedächtig und langsam. Ich machte mir nicht viel aus Popcorn. Als der Film anfing, war die Tüte von meinem Bruder tatsächlich leer und meine noch randvoll. Mein Bruder guckte mich an. Der Professor guckte mich auch an. Er war gespannt, was jetzt passieren würde. Er rechnete mit einem Krach. Er rechnete damit, sich mit einem fetten SIEHSTE einmischen und damit von Anfang an auf erziehungsberechtigt machen zu können. Aber da hatte er sich geschnitten. Ich gab meinem Bruder meine Tüte und guckte nach vorne.

Der Professor fand mich von da an ganz toll und hackte dafür umso mehr auf meinem Bruder rum, obwohl der ja eigentlich gar nichts gemacht hatte. Er hatte halt seine Tüte Popcorn gegessen.

Der Professor kam noch ein paar Mal, dann nicht mehr.

Jetzt also Bobby Gäng.

Als er zum ersten Mal kam, sahen wir gerade fern. Wir saßen zusammen in dem alten, abgewetzten orangefarbenen Sessel, der aussah wie ein durchgeschnittenes ausgehöhltes Ei. Schulter an Schulter, Bein an Bein, weil der Sessel, den wir Ei nannten, nicht mehr Platz bot. Auf meinem Schoß saß Ole, unser Dackel.

»Das Ei ist mein Lieblingssessel«, sagte mein Bruder immer.

»Das Ei ist *mein* Lieblingssessel«, sagte ich immer. Aber eigentlich hätte ich sagen müssen: »Das Ei mit Paul ist mein Lieblingssessel.« Und mein Bruder hätte sagen müssen: »Das Ei mit Lu ist mein Lieblingssessel!« Glaube ich jedenfalls.

Wir hingen also mit Ole im Ei ab, als meine Mutter sagte: »Macht bitte den Fernseher aus!«

Machten wir natürlich nicht. Wir warteten, bis sie es noch einmal sagen würde, so wie sonst auch.

Das tat sie aber nicht. Sie ging gleich zum Apparat, drückte auf Power und sagte dann: »Darf ich euch Kurt vorstellen!«

Wir blieben sitzen und glotzten auf die schwarze Mattscheibe. Nur Ole sprang auf, guckte Kurt an, von dem wir noch nicht wussten, dass er einen Künstlernamen hatte, Bobby Gäng eben, und lief kläffend auf ihn zu.

»Ole!«, ermahnte meine Mutter den Hund. »Ole, sitz!«

Wir grinsten. Das hatte absolut keinen Zweck. Das wusste unsere Mutter auch. Ole hörte nicht auf uns, machte, was er wollte, und pinkelte in unsere Schuhe, wenn wir ihn zu lange allein ließen.

»Lass nur«, hörten wir Kurt sagen.

Ole kläffte weiter.

Meine Mutter ging in die Küche. »Ich mach uns mal einen Kaffee!«

Plötzlich hörten wir Ole jaulen.

Paul war zuerst auf den Beinen, dann ich. Wir sahen, wie Kurt unseren Hund an den Hinterbeinen kopfüber hielt und wie ein verknittertes Wäschestück schüttelte. Auf diese Weise sahen wir Ole von unten. Und von unten war er ganz dünn und ganz hell. Ole sah plötzlich aus wie ein toter Hase.

»Ich würde euch den schon zurechtbiegen!«, sagte Kurt. »Ich kenn mich aus mit Hunden!«

Paul nahm Anlauf und rammte Kurt. Kurt lachte. Paul nahm wieder Anlauf und rammte Kurt noch kräftiger. Kurt ließ Ole los, immerhin. Dafür schnappte er sich Paul und hängte nun ihn kopfüber. Er hielt ihn an den Fußgelenken und schüttelte. Das klappte nicht so gut, weil Paul ja doch schwerer war als Ole, und Paul jaulte auch nicht. Er hing stumm. Er hing und versuchte mit den Fäusten nach Kurt zu schlagen. Kurt brauchte seine ganze Kraft um Paul festzuhalten.

»Zeigt Kurt doch mal euer Zimmer!«, rief meine Mutter aus der Küche so betont fröhlich. Sie hatte scheinbar Angst, wir würden uns hier langweilen.

Ich stellte mich vor Kurt, der meinen Bruder immer noch kopfüber hielt. Mittlerweile hatte Paul schon einen ganz roten Kopf von dem Blut, das reingelaufen war.

Er sollte ihn jetzt wirklich loslassen.

Er ließ ihn los. Einfach so. Paul landete auf Händen und Knien und verharrte einen Moment im Vierfüßlerstand. Dann krabbelte er los. Erst in der Tür rappelte er sich hoch und verschwand in unserem Zimmer.

Ich zeigte Kurt das Schlafzimmer meiner Mutter. Ich machte die Tür auf und sagte: »Hier schläft meine Mutter!«

Kurt konnte die moderne Einrichtung sehen. In der Mitte unter dem Fenster stand das französische Bett mit dem blau-grün-türkis gestreiften Bezug, das sie hatte, seitdem sie allein schlafen musste. An der einen Wand hing ein großer Spiegel, über die ganze Länge der gegenüberliegenden Wand stand ein weißer Schrank.

Kurt blieb im Türrahmen stehen.

Hinter der schmalen Schranktür am Fenster bewahrte meine Mutter einige wenige Kleidungsstücke unseres Vaters auf: einen Anzug, zwei Hemden, einen Pullover. Den Pullover mochte ich am liebsten. Er war cremeweiß und hatte einen V-Ausschnitt. Ich überlegte, ob ich die

Schranktür öffnen sollte. Ich überlegte, ob das was nützen würde, wenn Kurt die Kleider unseres Vaters zu sehen bekäme. Immerhin waren die Kleider meines Vaters so groß, dass sie ihm niemals passen würden.

Aber da rief meine Mutter uns zu Kaffee und Kuchen ins Wohnzimmer und Kurt drehte sofort ab.

Mein Bruder kam nicht von selbst.

Meine Mutter musste ihn holen.

Als wir alle schon am Tisch saßen, schlurfte er mit hängendem Kopf herein und ließ sich missmutig auf seinen Stuhl plumpsen.

»Kurt ist Künstler«, sagte meine Mutter. »Er arbeitet mit Holz.«

Sie stand auf und holte ein Bild, das auf der Kommode stand. Es konnte dort noch nicht lange stehen, denn ich hatte es noch nie zuvor gesehen. Sie legte es neben Pauls Teller.

»Schau mal, das ist alles Holz!«, sagte meine Mutter begeistert und fuhr mit der Hand über das Bild.

»Toll!«, sagte Paul ohne hinzusehen.

Jetzt durfte ich das Bild anschauen. Es war tatsächlich komplett aus Holz. Ein Holzmosaik oder so. Man erkannte einen Mann, der mit Regenschirm im Bett lag und las.

»Das ist der arme Poet von Carl Spitzweg«, erklärte Kurt.

»Ich denke, von Ihnen?«, sagte ich.

»Ja, *das* ist von mir«, sagte Kurt.

Ich schaute verständnislos zu meiner Mutter.

Da sagte mein Bruder: »Also nachgemacht. Voll toll!« Er grinste und nahm sich ein Stück Kuchen.

»Aber da steht Bobby Gäng«, las ich vor, meinen Zeigefinger auf dem Namen am rechten unteren Bildrand. Ich verstand gar nichts mehr.

»Das ist mein Künstlername«, sagte Kurt.

Paul und ich schauten uns an. Jetzt grinsten wir beide.

»Irgendwann fahren wir alle zusammen nach Landau«, sagte meine Mutter. »Da kommt der Kurt her und da hat seine Familie ein ganz großes Sägewerk. Wegen dem ganzen Holz ist der Kurt ja überhaupt erst auf die Idee mit den Bildern gekommen.«

Nach dem Kaffeetrinken mussten wir mit spazieren gehen. Obwohl der Wald direkt hinterm Haus anfing, fuhren wir mit dem Auto zu einer Stelle, die Bobby Gäng ausgesucht hatte. Er meinte, der Wald wäre da irgendwie besser oder so.

Wir nahmen Ole an die Leine und ließen Bobby Gäng und unsere Mutter vorgehen, die sich unterhielten und sowieso keine Notiz von uns nahmen.

»Zwerg!«, zischte mein Bruder.

»Der ist ja der Horror!«, fand ich. »Der sieht auch voll scheiße aus!«

»Klein und dick eben!«

»Wie alt schätzt du den?«

»Älter als Mama.«

»Ja, klar!«

Paul zuckte mit den Schultern. »Irgendwas mit vierzig, vielleicht.«

»Bobby Gäng«, sagte ich so verächtlich wie möglich. »Wie scheiße schon allein der Name ist!«

»Aber echt!«, meinte Paul. Er blieb stehen und tat so,

als zöge er eine Pistole, machte einen Ausfallschritt, zielte und schoss Bobby Gäng von hinten in den Rücken.

Ich kicherte.

»Wenn der mich noch einmal anfasst, dann mache ich das echt.«

»Was?«

»Ihn abknallen«, meinte Paul cool.

»Dann kommst du in den Knast.«

Paul tippte sich an die Stirn. »Mit dreizehn.«

»Dann eben ins Heim oder so.«

»Ist doch scheißegal.«

Ich überlegte. »Es müsste wie ein Unfall aussehen. Damit uns keiner verdächtigt.«

Paul schoss noch einmal. »Genau«, sagte er. »Wenn wir da hinfahren, wo der herkommt, dann fackeln wir dem das Sägewerk ab und dann verbrennt er.«

»Zum Beispiel«, sagte ich.

»Oder ein Autounfall. Man kann die Räder locker machen oder so.«

Paul schüttelte den Kopf. »Das kriegt die Spurensicherung raus.«

»Am besten ist Notwehr«, sagte ich. »Das hab ich mal im Film gesehen. Da hat ein Junge seinen Vater umgebracht, weil der ihn immer verprügelt hat, und der ist überhaupt nicht bestraft worden. Das haben alle verstanden und so.«

»Wenn der mich noch einmal anfasst …«, sagte Paul. Er zielte wieder. »Auf die Entfernung wird's langsam schwer.«

Ich schaute auf. Mama und Bobby Gäng waren weit voraus. »Warten die vielleicht mal auf uns?«

»Lass sie doch. Lass sie doch vorgehen«, sagte Paul. »Ist besser so. Müssen wir uns den Scheiß nicht anhören.«

Wir waren schon ziemlich tief im Wald drin und es wurde langsam dunkel. »Komm, wir gehen ein bisschen schneller«, schlug ich vor.

»Hey«, sagte Paul, »du brauchst keine Angst zu haben. Meinst du, die hauen ab oder was?«

»Mama!«, rief ich, so laut ich konnte. »Mama.«

Ole fing an zu bellen.

Meine Mutter und Bobby Gäng waren nicht mehr zu sehen.

»Wo sind die denn jetzt?«, wollte ich wissen. »Die müssen uns doch hören!«

»Abgebogen«, sagte Paul. »Lass sie doch. Ist doch cool. Zur Not übernachten wir im Wald.«

»Spinnst du?«

Paul lief mit Ole ins Unterholz. »Hey, Ole, was meinst du? Sollen wir im Wald bleiben?«, fragte er unseren Hund. Ole sprang an Paul hoch und kläffte wie wild, während die beiden im Wald verschwanden.

Ich stand allein auf dem Waldweg. Es war gespenstisch ruhig. »Paul!«, rief ich. »Warte, ich komme mit!«

Ich folgte Paul und Ole in den Wald hinein. Unter meinen Füßen knackte es. Der Waldboden war schön weich. Ich lief um die beiden einzuholen, die jetzt auf einer Lichtung standen und mir entgegensahen.

Als ich außer Atem bei ihnen ankam, zeigte Paul über einen kleinen Bach hinweg auf eine Art Haus. »Guck mal«, flüsterte er. »Da hat einer was gebaut.«

Wir gingen vorsichtig näher.

Ole trank Wasser aus dem Bach, bevor er mit uns hinübersprang.

»Meinst du, da ist einer?«, fragte ich.

»Nee, da ist keiner«, befand Paul.

Das Haus war eher eine Hütte. An drei Bäume, die nah beieinander standen, waren Bretter genagelt, so, dass es drei Wände gab. Zwei gingen bis zum Boden, eine nur bis zu unseren Knien. Unter der kurzen Wand konnte man in die Hütte hineinkrabbeln.

Ole war zuerst drin. Dann Paul und ich. Es war stockduster.

Paul suchte mit dem Fuß den Boden ab. »Total clean. Hier liegt nichts rum.«

Als Dach waren Tannenzweige über die Wände gelegt. Ich schob einige beiseite, damit Licht in die Hütte fiel.

»Kinder«, stellte Paul fest. Er ließ sich an einer Wand entlang nach unten gleiten und setzte sich auf den Waldboden. »Das haben andere Kinder gebaut.«

In einer Ecke lag eine Zeitschrift mit einer nackten Frau drauf, die Ole beschnüffelte.

»Und die lesen so was?«, sagte ich und wies auf die Zeitschrift.

»Na, dann eben Jugendliche!«, meinte Paul.

Ich stellte mir vor, die Jugendlichen kämen. Es würde Ärger geben, weil wir einfach in ihrer Hütte waren. »Lass uns wieder gehen«, schlug ich vor. »Mama sucht uns bestimmt schon.«

»Phh!«, machte Paul. »Wer's glaubt, wird selig. Ich find's cool hier.« Ole hatte sich mittlerweile auf Pauls Füße gelegt. Paul lehnte den Kopf an die Wand und schloss die Augen. »Ich hab echt keinen Bock mehr«, sagte er. »Wenn Papa das noch mitbekommen hätte, was hier läuft.«

Ich setzte mich neben Paul.

Er öffnete die Augen und sah mich ernst an. »Der hätte dem Bobby-Arschloch-Gäng sofort auf die Schnauze gehauen.«

Ich nickte. »Aber wenn Papa das noch mitbekommen hätte, dann gäb's den gar nicht.«

Paul überhörte das. Er regte sich richtig auf. »Spinnt der oder was? Geht bei wildfremden Leuten rein und hängt den Hund und den Sohn erst mal auf, oder wie?«

»Aber dafür geht es Mama besser«, sagte ich.

»Ach?«

»Na, merkst du das nicht? Immer wenn so ein Typ da ist, lacht sie auch mal.«

Paul runzelte die Stirn. »Die lacht doch sonst auch.«

Das stimmte nicht und es wunderte mich, dass Paul das nicht bemerkt hatte.

Ole hörte sie als Erster. Er hob seinen Kopf, die Ohren zuckten.

Ich sprang auf.

»Was ist?«, fragte Paul.

»Ole hat was gehört. Komm, lass uns verschwinden.«

»Quatsch! Wieso denn?« Paul kraulte Ole hinter den Ohren, aber das wollte Ole nicht. Er lief nervös in der Hütte herum. »Wahrscheinlich gibt's hier Mäuse oder Füchse oder so. Dackel sind Jagdhunde«, sagte Paul.

»Kann sein«, gab ich zu, kroch vorsichtshalber aber doch aus der Hütte. Ole folgte mir. Ich nahm ihn an die Leine und schaute zu den Baumkronen hoch.

Die Sonne schien mit letzter Kraft. Dann knackte es. Füße auf Ästen, die brachen.

»Paul!«, sagte ich mit erstickter Stimme.

Aber da standen sie schon vor mir. Zwei Typen, ungefähr 16 oder 17 Jahre alt. Der eine hatte eine Plastiktüte in der Hand, in der Flaschen aneinander schlugen. Beide rauchten.

Ole bellte sie an. Paul war plötzlich neben mir. Ich griff nach seiner Hand.

»Ist das süß!«, sagte der mit dem Bier in der Tüte und ging langsam um uns herum. »Seid ihr Hänsel und Gretel oder was?« Sein Atem stank nach Bier.

Der andere kicherte wie verrückt. »Hänsel und Gretel«, wiederholte er, »das ist gut. Das muss ich mir merken. Hänsel und Gretel!«

Ole riss an der Leine. Er wollte weg.

»Habt ihr euch verlaufen, hm?«, fragte der Tütenträger. »Wisst ihr nicht mehr, wo Mama und Papa sind?«

Der andere fand das so lustig, dass er vor Lachen hinfiel und sich auf dem Boden wälzte. »Hör auf, Frankie, ich mach mir in die Hose!«

Frankie hatte uns schon mehrmals umrundet. Jetzt blieb er stehen. Ganz dicht vor uns. Er streckte seine Brust heraus und guckte Paul von oben herab an. »Das ist Hausfriedensbruch, Kleiner«, sagte er. »Darauf steht eine schlimme Strafe, weißt du das?«

Ich drückte Pauls Hand ganz fest. Der Typ namens Frankie rempelte Paul mit der Brust. Ich ließ seine Hand nicht los.

»Deshalb krabbelst du jetzt mal schön da rein mit deinem Gretelchen«, sagte er.

Der andere drehte sich auf den Rücken und strampelte mit den Füßen in der Luft wie ein Käfer.

Der ist wahnsinnig, dachte ich. Wenn wir in der Hütte sind, fangen die erst richtig an.

»Hausfriedensbruch«, presste er hervor. »Geil!«

Mein Herz klopfte so laut, dass ich Angst hatte, man könnte es schlagen sehen.

»Hörst du schlecht, Hänsel?«, fragte Frankie und rempelte Paul wieder.

Ich sah Paul an, der sich rempeln ließ und dabei die ganze Zeit nach unten guckte. Ich hatte nicht darüber nachgedacht. Ich sagte es einfach. Es war vielleicht eine Chance.

»Mein Bruder hat Krebs!«, hörte ich meine Stimme sagen.

Frankie machte einen Schritt zurück. Der andere hörte auf zu lachen.

»Wie jetzt?«, fragte Frankie.

Ich machte einfach weiter. Immerhin schienen sie beeindruckt zu sein. Ich schaute diesem Frankie sogar in die Augen. »Er muss zurück ins Krankenhaus. Er durfte nur eine Stunde raus.«

Frankie räusperte sich und kratzte sich am Hals. »Äh? Echt?«

Ich nickte tapfer. »Leukämie! Also Blutkrebs. Wir müssen jetzt echt gehen.«

Der Typ auf dem Boden rappelte sich hoch. »Ey«, sagte er, »ich kannte mal einen, der hatte auch Leukämie. Das ist voll brutal. Da hast du …«

»Halts Maul, Mick!«, sagte Frankie.

Mick starrte seinen Kumpel an und überlegte, wie er

das jetzt finden sollte, so unterbrochen zu werden. Er entschied sich fürs Weiterreden. »Da sterben nämlich die roten Blutkörperchen und …«

Frankie wandte sich von uns ab und baute sich vor Mick auf. »Du sollst dein blödes Maul halten!«, schrie er.

»Bist du besoffen oder was?«, maulte Mick. »Ich kann sagen, was ich will!«

Ich zog an Pauls Hand und ging mit ihm und Ole einfach weg. Ich drehte mich nicht um. Wir liefen auch nicht. Wir gingen einfach weg, während Mick und Frankie sich anbrüllten.

Erst als wir den Weg erreicht hatten, liefen wir los. Wir liefen, so schnell wir konnten, den ganzen Weg zurück, bis wir unser Auto sahen.

Wir waren fast da, als Paul sagte: »Papa hatte nicht Leukämie. Papa hatte Knochenkrebs.«

»Weiß ich selber«, sagte ich.

Mama wunderte sich kein bisschen, wo wir herkamen. Jedenfalls fragte sie nicht, sie lächelte uns nur an, strich mir über die Wange und Paul verwuschelte sie die Haare. Sie war gut gelaunt.

Als Ole an Bobby Gäng hochsprang, nahm ich ihn schnell auf den Arm und kletterte ins Auto. Wer uns sah, konnte denken, wir wären eine ganz normale Familie.

Teddy sagt …

Helmut Stauder

Er war maßlos enttäuscht, als das kleine Schwesterchen auf der Welt war, denn er hatte geglaubt, nun endlich ein wirklich lebendiges Spielzeug zu bekommen. Stattdessen durfte man sie nicht anfassen, musste ständig still sein und wurde immer weniger beachtet, während die absolut lächerlich kindischen Leistungen des kleinen Mädchens in den Himmel gehoben wurden.

»Hast du gesehen? Sie hat gelächelt! Sie hat ›Dada‹ gesagt!«

Als ob er nicht viel ausdrucksvoller lächeln und viel deutlicher »Dada« sagen könnte!

Beleidigt zog er sich zurück – in seine eigene Welt, in der es solche Ungerechtigkeiten nicht gab. Und einen wirklichen Freund hatte er auch: Teddy, den er einst von seiner Großmutter geschenkt bekommen hatte mit den Worten, das sei ein treuer Gefährte. Mit ihm teilte er alles, was er besaß, und Teddy war auch sein ständiger Begleiter, sowohl beim Säubern und Ordnen seiner Miniaturautos als auch bei den fantastischen Reisen, die sie zusammen darin unternahmen.

Er besaß unter anderem ein rotes Jaguar-E-Type-Cabriolet mit genau 260 PS, das sich besonders gut dazu eignete, in der Rolle von James Bond 007 Gangster zu jagen und die Welt zu retten – natürlich stets mit Teddy auf dem Beifahrersitz. Da hätte so eine kleine Schwester nur gestört. Hätte sie vielleicht über seinen stolzen Fuhrpark lächeln sollen? Oder gar »Dada« sagen?

Nur leider blieb nach einiger Zeit seine Welt doch nicht unbehelligt, denn die Eltern beschlossen (wie immer ohne ihn nach seiner Meinung zu fragen), dass die kleine Schwester nun alt genug sei, um nicht mehr im elterlichen Schlafzimmer wohnen und nächtigen zu müssen.

Sein bisher ihm allein gehörendes Reich wurde aufgeteilt. Er büßte das Ausstellungsregal für seine Modellautos und die kunstvoll errichteten Straßenfluchten, den Rallyeparcours und das Gelände für die Jeeps ein. Stattdessen wurden ihm ein Bett für die Schwester und ein Schrank für ihre Sachen vor die Nase gesetzt. Seine wertvollen Miniaturautos wurden lieblos in Schuhkartons gestopft und unter sein Bett geschoben.

Nur Teddy durfte bei ihm bleiben, aber der musste das Bett mit ihm teilen. Teddy begann nun unaufgefordert seine Meinung über die kleine Schwester zu verkünden, die für all die einschränkenden, ja freiheitsberaubenden Veränderungen verantwortlich sei. Es sei ihre Schuld, dass die überzeugend arrangierte Ausstellungsfläche für die Autos und das gesamte Testgelände zerstört worden waren. Irgendwann müsse sie dafür bezahlen.

Einige Jahre vergingen.

Seine Miniaturautos waren unter dem Bett in den

Schuhkartons geblieben und er hatte sich zusammen mit Teddy noch weiter von der Welt zurückgezogen.

Die Schwester war allseits beliebt, denn sie hatte ein sonniges Wesen, war stets fröhlich und aufgeschlossen. Nur ihm ging ihr ständiges Geplapper gründlich auf die Nerven, er fand keinen Grund zum Fröhlichsein. Wenn sie ihn ansprach, schwieg er und drehte sich weg. Stille herrschte stets in ihrem gemeinsamen Schlafzimmer.

Die Eltern, die zunächst versucht hatten seine Mauer zu durchbrechen, gaben mit der Zeit auf. Zu vorwurfsvoll konnte er dreinblicken, zu bedrückend war sein Schweigen.

Und dann kam die Nacht, in der Teddy zum ersten Mal laut sprach.

Nicht nur in seinem Kopf.

Nein, laut.

Durch seinen Mund.

Er erzählte von einem roten Jaguar-E-Type-Cabriolet mit genau 260 PS, mit dem er über Landstraßen und Autobahnen brauste, um die Welt vor den Gangstern zu retten. Und die kleine Schwester saß schon bald auf dem Beifahrersitz, der Wind zauste ihre blonden Locken und ihre himmelblauen Augen glühten vor Eifer.

Doch da! Wie konnte so etwas passieren? Das Auto stotterte und bockte, der Motor erstarb. Langsam rollte der rote Sportwagen aus und blieb am Straßenrand stehen.

»Klarer Fall!«, sagte Teddy. »Tank leer.«

Es blieb ihnen nichts anderes übrig, James Bond persönlich musste aussteigen, den Ersatzkanister nehmen und zur nächsten Tankstelle laufen, um von dort Benzin zu holen. Doch so einfach war das nicht. Geheimagenten haben zwar vieles – versteckte Messer in den Schuhen, Laserstrahluhren, explodierende Kugelschreiber oder sich selbst vernichtende Aktentaschen. Aber Bargeld? Oder hatte schon mal irgendjemand 007 gesehen, wie er einen ordinären Geldbeutel aus der Tasche zog um etwas zu bezahlen? Es sah so aus, als würde sich die Welt dieses Mal selbst retten müssen.

Doch freudig sprang die kleine Schwester auf, froh, auch etwas beitragen zu können. Sie rannte zu ihrer Spardose und brachte dem berühmten Geheimagenten alles, Scheine wie Münzen, damit er den Ersatzkanister füllen konnte.

Mit ernster Miene und großer Selbstverständlichkeit nahm er das Geld entgegen – und bald brausten sie wieder über Landstraßen und Autobahnen und retteten die Welt. Wieder zauste der Wind ihre blonden Locken, wieder glühten ihre himmelblauen Augen vor Eifer.

Noch oft sprach Teddy in den folgenden Monaten und Jahren durch seinen Mund, noch oft erzählte er. Zunächst nur von dem roten Cabriolet, später waren es auch Jeeps im Dschungel oder Trucks auf Highways. Aber immer traten Probleme auf, die nur durch die finanzielle Hilfe der Schwester gelöst werden konnten.

In ihrer Begeisterung und Freude darüber, dass scheinbar der Bruder ihr Geschichten erzählte (denn von Teddy wusste sie nichts) und eine gemeinsame Fantasiewelt für sie erschuf, in der sie wunderbare Abenteuer mit ihm erlebte, achtete sie gar nicht darauf, dass ihre Spardose eigentlich ständig leer war, obwohl sie von Eltern und Großeltern stets reichlich beschenkt wurde. Sie dachte sich auch nichts dabei, als ihr Bruder seine Miniaturautos wieder aus den Schuhschachteln unter dem Bett hervorholte, schließlich erlebte sie in ihnen hinreißende Verfolgungsjagden. Und als er schließlich die Straßenfluchten, den Rallyeparcours und das Gelände für die Jeeps wieder zwischen ihren Betten errichtete, sodass man kaum noch durchkam, hielt sie auch das für richtig, schenkte es doch ihren Fantasiereisen einen Lebensraum.

Und selbst als nach und nach einige nagelneue Miniaturautos auftauchten, vor allem nach Nächten, in denen ein Auto besonders viel Benzin verbraucht hatte, brachte sie das nicht mit dem Schwinden ihres Ersparten in Verbindung.

Der Bruder blühte richtig auf.

Er sprach sogar wieder mit den Eltern.

Manchmal.

Wenn er sich für Geldgeschenke bedankte.

Teddy hatte ihm diesen Rat gegeben.

Dann kam die Nacht, in der sie mit einem Grand Cherokee Jeep mit Achtzylindermaschine auf der Jagd nach den bösen Gangstern einen Gebirgspass überquerten. Plötzlich platzte ein Reifen und nur mit viel Mühe brachte der Bruder das schlingernde Fahrzeug zum Stehen. Beinahe wären sie in einen Abgrund gestürzt – 1000 Meter tief oder mehr.

»Klarer Fall!« sagte Teddy. »Müssen neuen Reifen kaufen.«

Und James Bond hatte wieder nichts Bares.

Aber auch die kleine Schwester war völlig verzweifelt, denn in ihrer Spardose herrschte gähnende Leere. Zu oft war sie in letzter Zeit für Tankstellenbesuche geplündert worden. Suchend sah sie sich um, öffnete ihre Nachttischschublade und kramte darin. Mit einem Freudenschrei erblickte sie ihr Kommunionkreuz.

Das war aus Gold.

Alt und wertvoll.

Hatte die Großmutter gesagt.

Schnell brachte sie es dem Geheimagenten, der gerade kopfschüttelnd vor dem geplatzten Reifen stand. Und es erfüllte sie mit stillem Glück, als sie erfuhr, dass in dieser Gegend Indianerstämme hausten, die einem Tauschhandel sicherlich nicht abgeneigt wären, und dass damit die Beschaffung eines Ersatzreifens wohl möglich sei.

Und bald brausten sie in ihrem Grand Cherokee mit geöffneten Fenstern den Gebirgspass hinab um die Welt zu retten, der Wind zauste ihre blonden Locken und ihre himmelblauen Augen glühten vor Eifer.

Am nächsten Tag wurde sein Fuhrpark um ein detailgetreues Feuerwehrauto mit Drehleiter und Anhänger vergrößert.

Nun brauchen Eltern meistens lange, bis sie erkennen, was mit ihren Kindern vorgeht. Doch es war bald nicht mehr zu übersehen, zumal man die leere Spardose entdeckt hatte. Aus irgendeinem unverständlichen Grund gab das kleine Mädchen all ihr Geld dem Bruder, damit dieser immer schönere und teurere Miniaturautos kaufen konnte.

Nun war auch noch ihr goldenes Kommunionkreuz verschwunden, alt und wertvoll, von der Großmutter.

Es musste etwas geschehen.

Damit er am eigenen Leibe verspüre, wie sehr es schmerzt, etwas Geliebtes zu verlieren, hatte der Vater ihm gedroht, er würde ihm Teddy wegnehmen. Doch als der Junge mit fester Stimme sagte, dass er sich in diesem Falle gezwungen sähe, sich umzubringen, nahm er seine Aussage erschrocken und verwirrt wieder zurück.

Also musste eine andere Lösung her.

Und die war auch bald gefunden.

Vater verlegte sein Arbeitszimmer in den Keller; die Feuchtigkeit würde den Büchern und Heften schon nichts ausmachen. So bekam die kleine Schwester ein eigenes Zimmer.

Und er hatte wieder Platz.

Aber Teddy erzählte nun keine Geschichten mehr, ohne Publikum wollte er das wohl nicht. Sein Fuhrpark wuchs trotzdem weiter und mit ihm der Stolz darauf. Der Schwester und den Eltern gegenüber verstummte er erneut.

Es gab auch nichts mehr zu sagen.

Ein Leben verging.

Schnell und mühelos war seine berufliche Karriere, unbehindert von emotionalen Beziehungen, denn sein einziger Vertrauter, Teddy, hatte gesagt: »Klarer Fall! Musst ein Autohaus aufbauen!«

Geübt durch die kindlichen Spiele mit der Schwester kannte er seine Möglichkeiten wie kein anderer – und er nutzte sie. Niemand verstand es so wie er, den Kunden nicht nur ein Auto zu verkaufen, sondern ihnen gleichzeitig eine neue, abenteuerliche Identität zu schenken, sie zu dem Fahrer werden zu lassen, der zu ihrem

Traumauto passte. Denn Teddy erzählte den Menschen Geschichten, die sich fast so anhörten, als könnten sie Wirklichkeit sein.

Für jeden ein großes Geschenk.

Das er sich gut bezahlen ließ.

Bald schon war sein Fuhrpark enorm. Er verfügte über die nobelsten Marken, selbstverständlich auch Jaguar, und im Anschluss an seine Ausstellungshallen hatte er einen Rallyeparcours und ein Gelände für die Jeeps bauen lassen, das auffallend dem ähnelte, das einst auf dem Boden seines Kinderzimmers die Grundlage für die Fantasiereisen mit der Schwester gebildet hatte.

Er genoss den Erfolg.

Die Macht, die er über die Gefühle der Menschen hatte.

Die er zielstrebig in Profit für sich verwandelte, um sie noch weiter zu vergrößern.

Stolz erfüllte ihn.

Doch dann, spät, sehr spät, fing sein Blick an sich zu verdunkeln und seine Wahrnehmung wurde trübe. Den Namen der Krankheit, den die Ärzte ihm nannten, konnte er sich nicht merken. Er vergaß die Geschichten, die er in Teddys Auftrag den Kunden erzählen sollte – oder er verwechselte sie gar. Schnell verlor er alles, was er erreicht hatte: Macht, Einfluss, Ansehen – zuletzt verlor er sich selbst.

Doch er merkte kaum etwas davon.

Denn die Pflege in der Anstalt war vorzüglich.

Und da war auch auf einmal wieder seine kleine

Schwester. Er erkannte sie manchmal. Und sie kümmerte sich rührend um ihn. Jeden Abend kam sie zu Besuch.

Und oft hatte sie Miniaturautos dabei, die ihm vage bekannt vorkamen. Da war vor allem ein rotes Jaguar-E-Type-Cabriolet mit genau 260 PS, das er glaubte schon einmal gesehen zu haben.

Und dann kam die Nacht, in der seine kleine Schwester zum ersten Mal anfing zu erzählen. Sie war Geheimagentin und gemeinsam jagten sie in dem roten Sportwagen über Landstraßen und Autobahnen, um die Welt vor den gefährlichen Gangstern zu retten, und als plötzlich das Benzin ausging, war er nur allzu gerne bereit, ihr all sein Geld aus dem Portmonee zu geben, damit sie an der nächsten Tankstelle ... denn Geheimagenten haben ja bekanntlich nie Bares ... Und mit ernster Miene und großer Selbstverständlichkeit nahm sie das Geld entgegen.

So ging es viele Wochen. Die anfangs etwas schäbige Kleidung der Schwester wurde eleganter. Das war gut so, denn Agentinnen müssen ja auch etwas repräsentieren. Ihre gemeinsamen Abenteuer wurden wilder und gefährlicher.

Als sie eines Nachts in einem Grand-Cherokee-Achtzylinder einen Gebirgspass überquerten, platzte ein Reifen, und nur mit viel Mühe brachte die Schwester das schlingernde Fahrzeug zum Stehen.

»Klarer Fall!«, meinte sie. »Müssen neuen Reifen kaufen.«

Und als er nur verzweifelt in die gähnende Leere seines Geldbeutels schaute, der in letzter Zeit zu oft geplündert worden war, kam ihm die rettende Idee. In der Nachttischschublade hatte er doch diese Vollmacht, mit der er über sein gesamtes Vermögen an Pfandbriefen, Aktien, Anleihen und Mietshäusern verfügen konnte.

Schnell holte er es hervor, stellte es auf ihren Namen aus, unterschrieb es. Und es erfüllte ihn mit stillem Glück, als sie ihm mitteilte, dass es sicherlich möglich wäre, davon bei den Indianerstämmen, die hier hausten, einen Ersatzreifen zu kaufen. Und als sie bald darauf in ihrem Grand Cherokee mit geöffneten Fenstern den Gebirgspass hinabbrausten, um die Welt vor den gefährlichen Gangstern zu retten, und der Wind ihre blonden Locken zauste und ihre himmelblauen Augen vor Eifer glühten, da sah er, dass sie um den Hals wieder ihr Kommunionkreuz trug.

Das war aus Gold.

Alt und wertvoll.

Hatte die Großmutter gesagt.

Teddy saß auf dem Rücksitz.

Trug eine Sonnenbrille.

War angeschnallt.

Und lächelte.

Autorinnen und Autoren

Werner J. Egli wurde 1943 in Luzern, Schweiz, geboren und lebt heute als freier Schriftsteller in den USA, in Freudenstadt (BRD) und in Zürich. Seine Jugendbücher wurden mit zahlreichen Preisen ausgezeichnet, unter anderem wurde er im Jahr 2002 für den Hans-Christian-Andersen-Preis nominiert, der international höchsten Auszeichnung für Jugendliteratur.
Unter www.egli-online.com ist der Autor auch im Internet zu finden.

Jana Frey wurde 1969 in Düsseldorf geboren. Sie studierte Literatur, reiste eine Zeit lang durch die USA. Sie verfasst Bilderbücher, Kinderbücher und Jugendbücher und engagiert sich in der Jugendarbeit. Seit einigen Jahren lebt sie mit ihrer Tochter und ihrem Sohn in Wiesbaden.

Irma Krauß lebt in der Nähe von Augsburg. Nach ihrem Pädagogikstudium arbeitete sie zunächst als Lehrerin. Als ihre drei Kinder größer wurden, begann sie zu schreiben. Nach einem Roman für Erwachsene veröffentlichte sie zahlreiche zum Teil preisgekrönte und in

mehrere Sprachen übersetzte Kinder- und Jugendbücher. 1998 erhielt Irma Krauß den Peter-Härtling-Preis für Kinder- und Jugendliteratur.
Weitere Informationen unter www.irma-krauss.de.

Jonas Torsten Krüger wurde in Frankfurt am Main geboren, studierte Germanistik, Kunstgeschichte, Musikwissenschaft und Botanik; arbeitete in einer psychologischen Praxis, als Barpianist, Vogelbeobachter und Journalist. Er veröffentlichte Fantasy- und Jugendromane, Kurzgeschichten und Gedichte. Seit 1993 lebt er bei Freiburg im Breisgau. Unter www.fabulalitera.de ist der Autor auch im Internet zu finden.

Carolin Philipps wurde 1954 geboren und ist Gymnasiallehrerin in Hamburg. Sie ist mit einem Vietnamesen verheiratet und hat zwei Kinder. Besonders interessiert ist sie an Themen, die Kinder und Jugendliche heute beschäftigen – auch aktuelle politische Themen. Für ihren Roman »Milchkaffee und Streuselkuchen« bekam Carolin Philipps den Mentioning Award des UNESCO-Price for Tolerance and Peace 2000!
Weitere Informationen unter www.carolinphilipps.de.

Pete Smith ist als Sohn einer Spanierin und eines Engländers im westfälischen Soest aufgewachsen. An der Universität Münster studierte er Germanistik, Philosophie und Publizistik. Seit 1989 lebt er als Schriftsteller und Kulturredakteur einer Tageszeitung im Rhein-Main-Gebiet. Er schreibt Romane, Erzählungen und Hörspiele für Erwachsene und Kinder.

Hermann Stange, geboren 1953, lebt abwechselnd in Berlin und an der Nordsee, direkt hinter dem Deich. Er ist für den Hörfunk sowie als freier Comic- und Buchautor tätig.

Helmut Stauder wurde 1952 in Bayreuth geboren und studierte Germanistik und Anglistik für das Lehramt an Gymnasien. Er verbrachte sechs Jahre im Auslandsschuldienst in Buenos Aires, Argentinien. Heute lebt er in der Nähe von Aschaffenburg und schreibt Kurzgeschichten und Erzählungen.
Mehr im Internet unter www.helmut-stauder.de.

Jutta Treiber, geboren in Oberpullendorf in Österreich, studierte Germanistik und Anglistik und unterrichtete einige Jahre. Seit 1988 arbeitet sie als freie Schriftstellerin. Sie erhielt seitdem zahlreiche Preise und Auszeichnungen, darunter den Kinderbuchpreis und den Jugendbuchpreis der Stadt Wien, den Österreichischen Jugendbuchpreis sowie den Leserstimmenpreis.

Reinhold Ziegler schreibt seit nunmehr über zwanzig Jahren Bücher für Kinder, Jugendliche und junge Er-

wachsene. Ursprünglich war er Maschinenbau-Ingenieur und arbeitete auch einige Jahre in diesem Beruf, danach folgte eine Ausbildung zum Journalisten. Er wurde 1955 in Erlangen geboren, verlebte dort seine Kindheit und wohnte dann an verschiedenen Orten, unter anderem in Karlsruhe, Berlin und in seinem Auto. Seit 1987 lebt er mit seiner Familie im Raum Aschaffenburg. Viele seiner Romane und Erzählungen wurden mit Preisen ausgezeichnet.
Näheres zum Autor und zu seinen Büchern im Internet unter www.reinhold-ziegler.de.

Barbara Zoschke wurde 1964 in Leverkusen geboren. Sie hat Romanistik und Germanistik studiert und danach mehrere Jahre als Zeitschriftenredakteurin gearbeitet. Seit 1995 ist sie freie Autorin und Übersetzerin. Sie lebt mit ihrer Familie in Köln.

... und dann war alles anders

Geschichten von Krieg und Frieden

In ergreifenden und aufwühlenden Geschichten erzählen Aygen-Sibel Çelik, Zoran Drvenkar, Paulus Hochgatterer, Irma Krauß, Jonas Torsten Krüger, Sigrid Laube, Mira Lobe, Carolin Philipps, Guy Rewenig, Juli Zeh und Reinhold Ziegler von jungen Israelis, die gemeinsam mit Palästinensern an einem Wettkampf teilnehmen; von der Freundschaft zwischen zwei Mädchen, die wegen des Krieges zerbricht; von einem russlanddeutschen Mädchen, das sich in der Heimat fremd fühlt; von afghanischen Flüchtlingskindern, die sich in einer neuen Welt zurechtfinden müssen – von Krieg und Frieden.

144 Seiten

ISBN 3-8000-5030-7

UEBERREUTER

Angst, Mut und echte Freunde

Storys

Leas Freundin Judy zickt nach ihrem
Unfall nur noch selbstmitleidig herum.
Robert verteidigt Johann und gerät in eine Schlägerei.
Martin entdeckt, dass sein Bruder und
Freund Stefan Männer liebt.

Wir alle sehnen uns nach Menschen,
mit denen wir durch dick und dünn gehen können,
die zu uns halten, wenn sich die ganze Welt
gegen uns verschwört – aber können sich
unsere Freunde auch auf uns verlassen?
Wie weit muss oder darf Freundschaft gehen?
Besonders, wenn es um Menschen geht, die
»anders« sind als man selbst, erfordert es Mut, auch
in schwierigen Situationen zueinander zu stehen.

144 Seiten

ISBN 3-8000-2086-6

UEBERREUTER